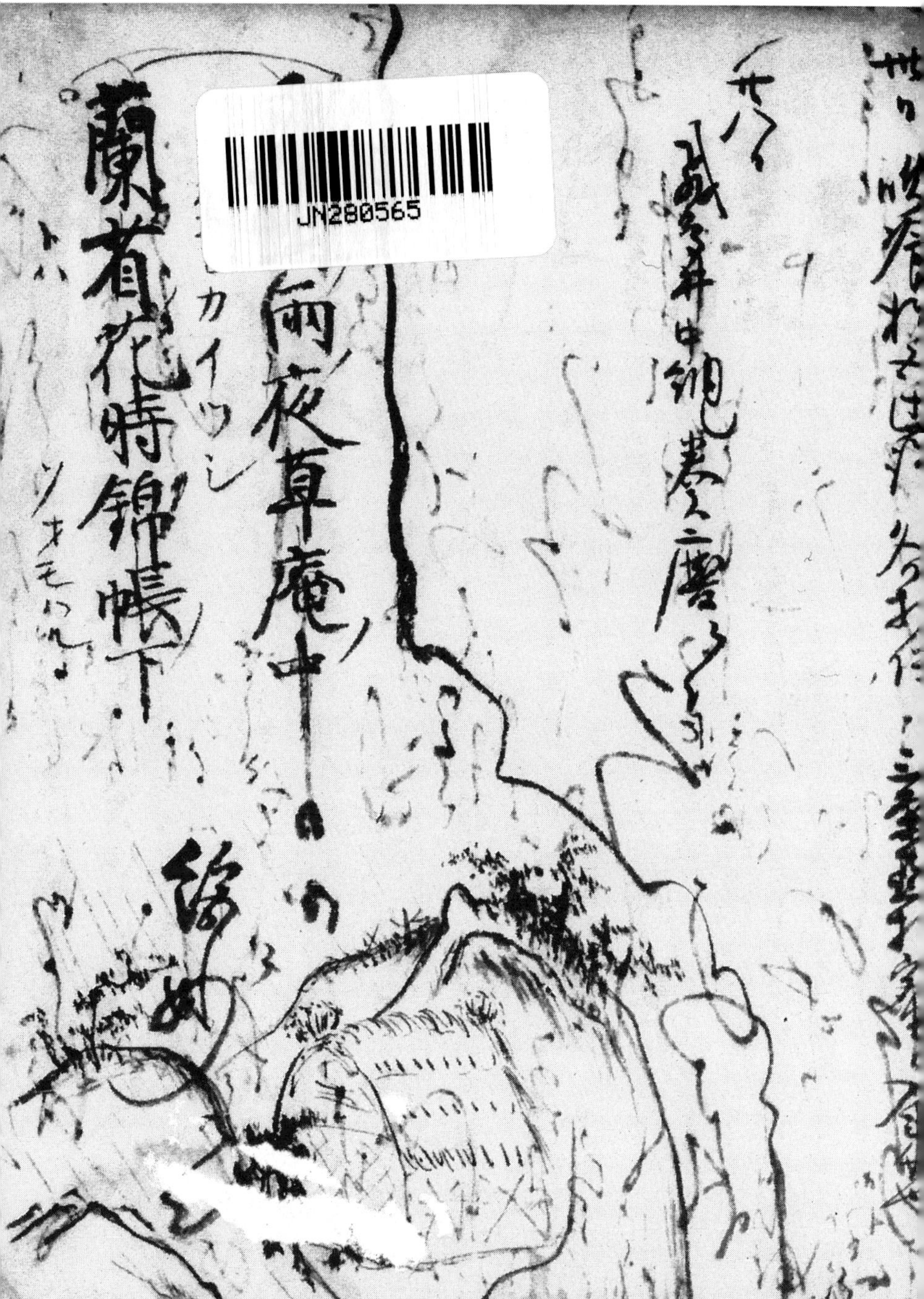
蘭菊花時錦帳 下
雨夜草庵中の

監修者——五味文彦／佐藤信／高埜利彦／宮地正人／吉田伸之

［カバー表写真］
『徳大寺公清公記』
（観応元年正月16日条）

［カバー裏写真］
『深心院関白記』
（文永3年7月記）

［扉写真］
『二水記』
（天文元年2月記）

日本史リブレット 30

中世の日記の世界

Onoe Yosuke
尾上陽介

目次

日記史上の中世

日記は、さまざまな人びとが独自の価値観と興味関心に基づいて書いた記録であり、いうまでもなくその内容もさまざまである。日記を書くという行為自体も、忍耐力を必要とする個人的な秘密の作業に限定されるわけではなく、実に幅広いものである。現代でいえば、たとえば業務日誌や学級日誌、宿題の絵日記やインターネット上の公開日記などの、他者にみられることを前提とするものから、手帳やカレンダーへの簡単な書込みなどの断続的な備忘《びぼう》記までをも含んでいる。

この多種多様さこそが日記の特性であり、そこにはその時代を生きた人びとの社会生活や精神生活が些細《ささい》なことにいたるまで記録されていく。しかも、日記の書き手（記主《きしゅ》）が直接経験したり見聞したりした事柄をその人なりの表現で書き残すものであるため、感情のこもったなまなましい記述がみられる。

しかし一方では、日記の記述は主観的であり、その視野は記主周辺にかたより、ときには虚飾に満ちた事実に反する内容が含まれることになる。その表記も、極端にいえば記主本人さえ判読できれば事足りるため、他者にはひどく読みにくく難解なものである。文章には略語や俗語・流行語、さらには非常に専門的な用語も頻出し、登場人物は往々にして実名とは異なる愛称やあだ名、「何々のおじさん」などの曖昧《あいまい》な表現で簡単に記録される。

このように、日記は歴史史料として実に魅力的ではあるが、内容を正確に理解するためには注意深い検討作業が必要となってくる。この作業のもっとも有効な近道は、同時代を生きた他人の日記、ことに似た環境にあった人物のものを参照し読み比べることである。

ところで、日本人の日記好きはしばしば指摘されている。実際、自分自身や家族、友人のなかに日記をつけている人をみつけることは簡単で、むしろ一日たりとも日記らしきものを書いたことがない人をさがすほうが困難であろう。

歴史的にみても、日本には平安時代中期以降に書かれた日記がたいへん多く残されており、日本史を研究するうえで古文書とともにもっとも基本的な史料となっている。

個人の日記は奈良時代以前から書かれていた形跡があるが、まとまった記事が今に伝わるのは『宇多天皇宸記《うだてんのうしんき》』▲からである。『日本書紀《にほんしょき》』以来の官撰国史の編纂は宇多天皇の前の「光孝天皇紀《こうこうてんのうき》」(『日本三代実録《にほんさんだいじつろく》』)までで中絶しており、九世紀末からは必然的に国史にかわって個人の記録が歴史を伝えることになった。

『宇多天皇宸記』以後は、藤原道長《ふじわらのみちなが》(九六六～一〇二七)が活躍する九九〇年代以降の数十年間こそ『御堂関白記《みどうかんぱくき》』『小右記《しょうゆうき》』『権記《ごんき》』『左経記《さけいき》』▲などの日記が並行してあるが、実はこの時期を除くと院政期《いんせいき》以前の古代の日記はあまり残っておらず、記主も皇族や上級貴族にほぼ限られている。

ところが、ちょうど白河《しらかわ》院政の始まる一〇八〇年代以降からは現在に伝わる日記の数が増え始め、十二世紀末には記主みずからが堂々と日記帳に自分の名前を書きつけたものがみられるようになるなど、日記帳の形態や記事の内容に個性的なものが多くなる。記主の立場もこれまでの皇族や貴族に加えて、神

▼**『宇多天皇宸記』**　宇多天皇(八六七～九三一)の日記。八八七～八九七(仁和《にんな》三～寛平《かんぴょう》九)年の記事が後世の儀式書などに引用されて伝わる。

▼**『御堂関白記』『小右記』『権記』『左経記』**　『御堂関白記』はみずから建立し晩年をすごした法成《ほうじょう》寺《じ》にちなんで「御堂《みどう》関白」と呼ばれた道長の、『小右記』は小野宮右大臣藤原実資《さねすけ》(九五七～一〇四六)の、『権記』は権大納言藤原行成《ゆきなり》(九七二～一〇二七)の、『左経記』は左大弁源経頼《つねより》(九八五～一〇三九)の日記。記主それぞれの立場が異なるため、これらの日記を併読することにより、摂関《せっかん》政治全盛期の社会を立体的にとらえることができる。

官・僧侶や武士などにも拡がっていく。中世はまさに、日記が多種多様さという特性をようやく十分に発揮し始めた時代なのである。

本書は、個性的な中世の日記▲の世界について、具体例を示しつつ、その実像と魅力を解き明かしていこうとするものである。

▼**中世の日記**　なお、広義の日記には検非違使《けびいし》が作成する尋問調書である問注記《もんちゅうき》や、事件の経過を記録する「事発《じはつ》日記」、さらには在地で作成され荘園《しょうえん》文書の材料となる覚書なども含まれる。これは日を逐って書き連ねる記録というよりは、「その日の記録」という意味合いのものである。また、『蜻蛉《かげろう》日記』などの、いわゆる日記文学作品もあるが、本書ではこれらについてはひとまず除外する。

① 中世の日記帳

具注暦

まずはじめに、そもそも中世の日記帳はどのような形態のものであったのか、日記原本のようすをみておくことにしよう。

現存する日記の原本は、陽明文庫《ようめいぶんこ》所蔵の『御堂関白記《みどうかんぱくき》』藤原道長《ふじわらのみちなが》自筆原本（九九八〈長徳《ちょうとく》四〉年から一〇二一〈寛仁《かんにん》四〉年までの一四巻）がもっとも古く、これに続くものは院政《いんせい》初期の源俊房《みなもとのとしふさ》の『水左記《すいさき》』▲八巻、藤原為房《ためふさ》の『為房卿記《ためふさきょうき》』▲一巻、藤原師通《もろみち》の『後二条師通記《ごにじょうもろみちき》』▲一巻である。十二世紀にはいると平信範《たいらののぶのり》の『兵範《ひょうはん》《へい》記《き》』▲や藤原定家《さだいえ》《ていか》の『明月記《めいげつき》』▲のように、五〇巻を超えるものがあり、さまざまな原本をみることができるようになる。

現代の日記帳は鍵付きの豪華なものから手帳に近いものまでさまざまで、その分量も一冊で一年分のもののみならず、三年連用や一〇年連用といったものまである。専用の日記帳ではなく、普通のノートや紙片を綴じた冊子《さっし》を自分なりの日記帳として使うこともあり、最近では電子媒体に日記を書くことも多い。

▼**『水左記』**　記名の由来は「源」の偏「水」と、俊房が左大臣であったことによる。

▼**『為房卿記』**　記主の名前を記名とする場合、原則として記主が公卿（参議以上または三位《さんみ》以上）であれば「（誰々）卿記」、そのなかでも大臣になっていれば「（誰々）公記」、四位《しい》以下であれば「（誰々）朝臣《あそん》記」または単に「（誰々）記」と称されることが多い。

▼**『後二条師通記』**　師通は大叔父教通《のりみち》と同じく二条殿を邸宅としていたため、教通は「大二条殿《おおにじょうどの》」、師通は「後《ご》二条殿」と称された。

▼**『兵範記』**　記名は兵部卿平信範に由来する。なお、「信範」という漢字の一部をとって『人車記《じんしゃき》』とも称された。

▼**『明月記』**　記名の由来には諸説ある。『照光記《しょうこうき》』とも呼ばれたが、いずれにせよ定家死後の命名と思われる。

中世においては、具注暦《ぐちゅうれき》と呼ばれる既製のカレンダーや、反故《ほご》や白紙を巻《まき》物《もの》や冊子に仕立てたものを日記帳にしていた。大部分はこのどちらかであるが、それぞれバリエーションに富んでおり、電子媒体に対応するものこそないものの、現代同様にさまざまな形式の日記帳が利用されていた。

具注暦とは毎日の吉凶《きっきょう》や年中行事《ねんじゅうぎょうじ》などが細かく注記された巻子本《かんすぼん》(巻物)のカレンダーで、巻末に前年十一月一日付で暦を作成した陰陽寮《おんみょうりょう》の暦博士《れきはかせ》らが連署を加えている。この十一月一日という日付は令《りょう》制の「頒暦《はんれき》▲」に由来するのであろうが、現存する具注暦をみるかぎりでは、同年の暦であっても形式はさまざまであり、暦の紙数も『延喜式《えんぎしき》』の規定と合致しておらず、官製の「頒暦」とは異なるものである。

具注暦の基本的な形式は、罫線《けいせん》で上下を四段に区切り、上部欄外に二十七宿《しゅく》と七曜を朱書し、一段目に毎日の日付・干支《えと》・納音《なっちん》・十二直《ちょく》を、二段目以下には二十四節気《せっき》や七十二候《こう》、六十卦《け》などの暦注を細かく注記している。毎日の暦注はやはり罫線で区切られた一行分に書き込まれているが、なかには一日毎に行が空いているものもみられる(七〜一〇ページ図版参照)。

▼**頒暦**　毎年十一月一日に陰陽寮が翌年の暦を奏進《そうしん》する御暦奏《おれきそう》が行われ、諸官司に頒暦が配られたが、平安中期には規定どおり行われなくなっていた。

●――具注暦の巻頭(『愚昧記』承安２〈1172〉年春記紙背)

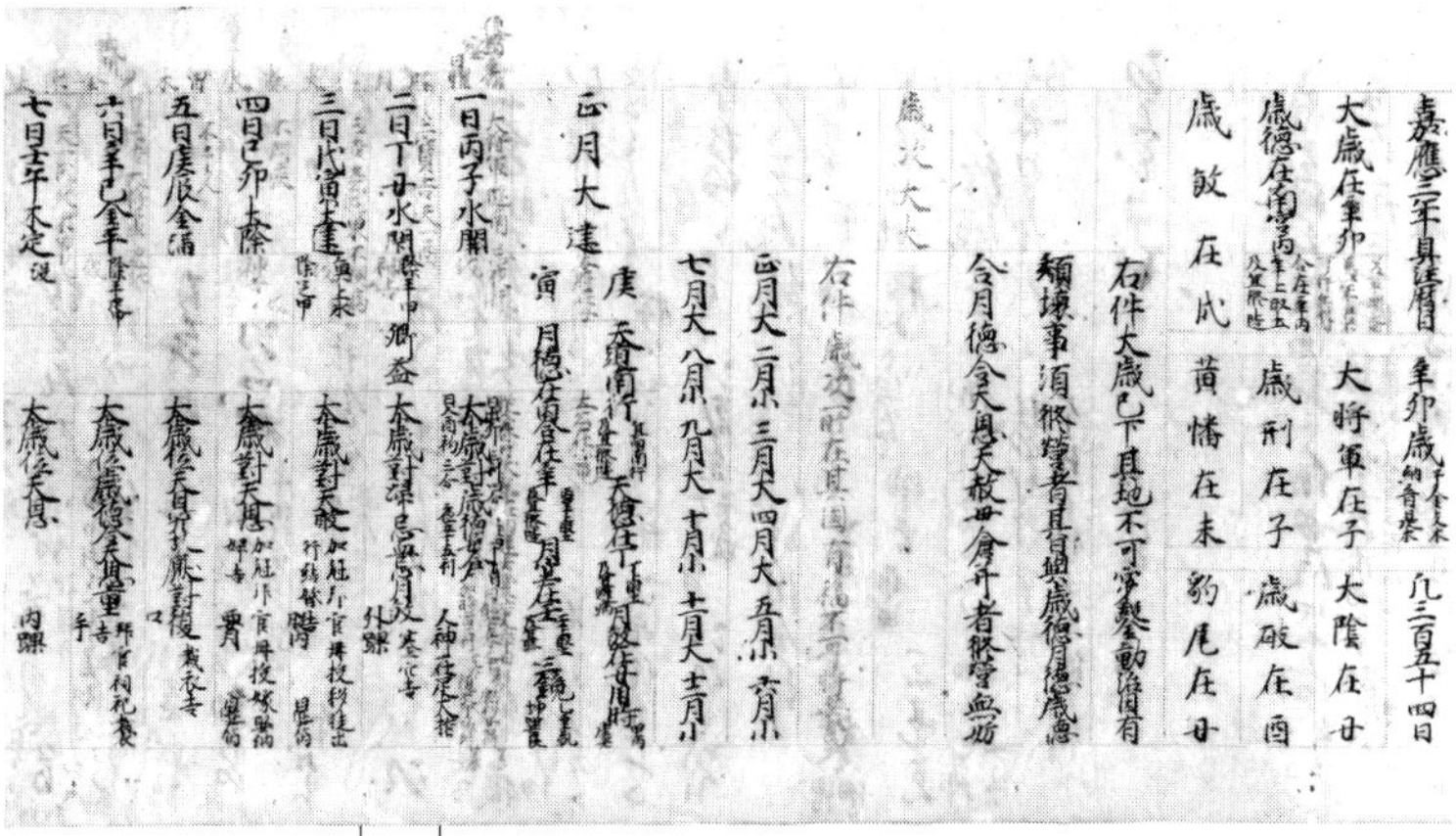

釈文

一一七一(嘉応《かおう》三＝承安《しょうあん》元)年の具注暦で、裏面が翌年の日記帳として再利用されている。

日本では八六二(貞観《じょうがん》四)年以来、江戸時代にいたるまで、唐で考案された宣明暦《せんみょうれき》が用いられており、中世の具注暦はすべて宣明暦である。

冒頭の暦序は「嘉応三年具注暦日」から始まり、「辛卯歳」「凡三百五十四日」(この年の干支と日数)に続けて、大歳《だいさい》神・大将軍・大陰《だいおん》神・歳刑《さいきょう》神・歳破《さいは》神・歳殺《さいせつ》神・黄幡《おうばん》神・豹《ひょう》尾《び》神(これらは八将神と総称される)や歳徳《としとく》神の方位と、注意事項が示される。

毎日の暦注は罫線により四段に区切られ、およそつぎのような構成からなっている。すべての段に記載のある二日条を例としよう(『　』内は朱書、以下同じ)。

『辟月』二日、『三宝吉 天一酉』丁丑、水閉｜『除手甲 神吉』｜卿益｜大歳対、帰忌、血忌、月殺 塞穴吉 外踝

一段目、日付のつぎの「丁丑」は十干十二支で、「水」は納音、「閉」は十二直と呼ばれる暦注。上部欄外の「辟(壁)」は二十七宿、「月」は七曜。一段目の傍らや二段目にはさまざまな暦注があるが、二十四節気(「立春正月節」など)や七十二候(三日条の「魚上水」など)は二段目に書かれる。三段目の「卿益」は六十卦と呼ばれる暦注。

四段目には「歳徳」「月徳」「天恩」「天赦」「歳位」「歳前」「歳対」「歳後」「母倉」「往亡」「帰忌」「血忌」「月殺」「九坎」など日の吉凶を示す暦注のほか、「塞穴吉」などの「何々吉」形式の雑注がある。また、「外踝」とあるのは毎日の人神の所在を示すもので、そこに針灸を行ってはいけないとされた。

●── 1行空きの具注暦の巻尾(『経光卿暦記』文永4〈1267〉年12月)

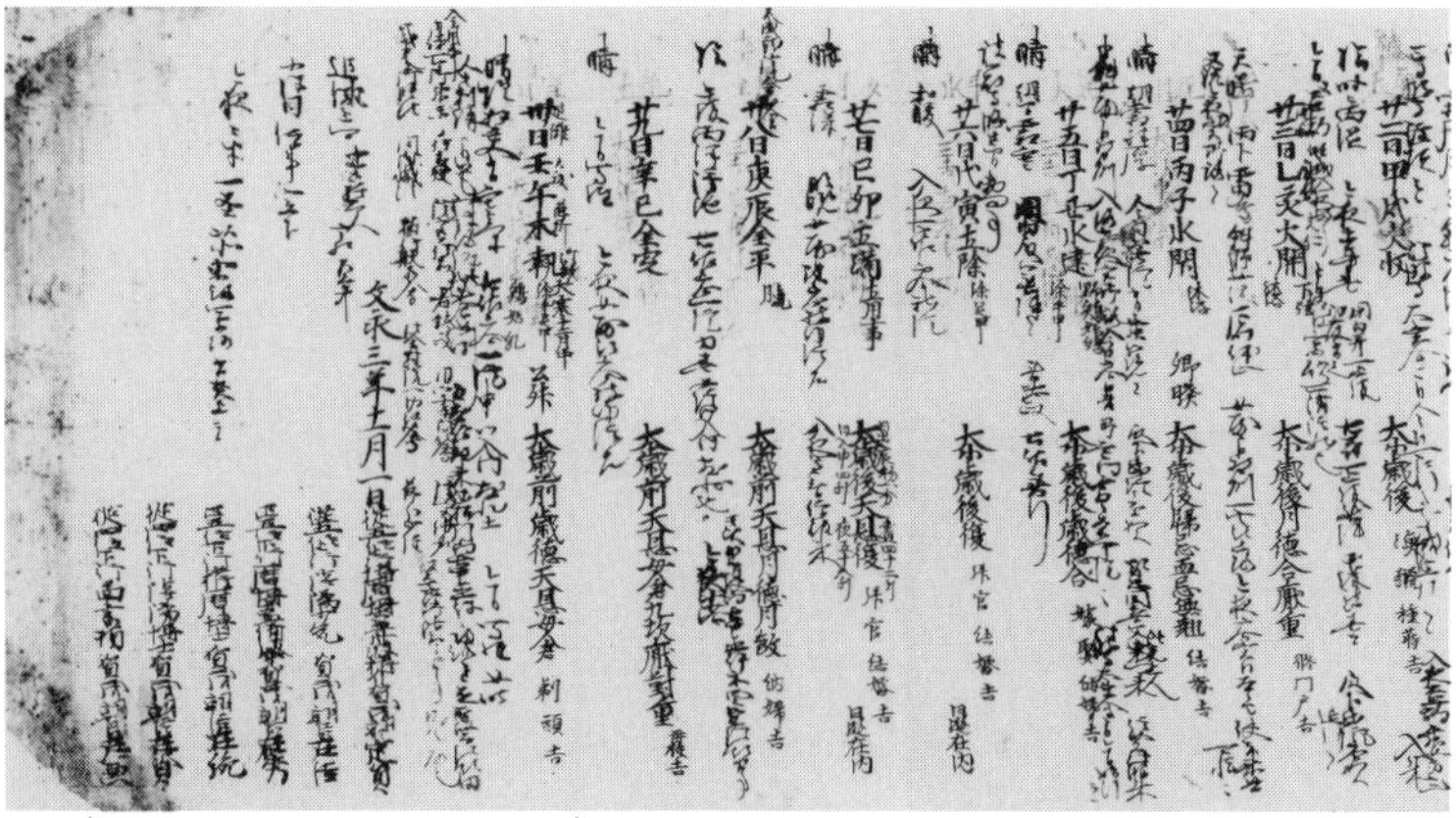

釈文

(三十日条釈文)

『蜜』室日　卅日、壬午、木執　追儺 大祓 節折 御髪上　『三吉 天一戊亥 不弔人』｜大寒十二月中 除手足甲 『神吉』 鶏始乳｜公升｜大歳前、歳徳、天恩、母倉　剃頭吉

晴陰相交、有寒気、右佐参一院、申御入内散状等、今日写経如昨、
舎利講自筆阿弥陀経供養如例、兼智僧都来、依招引向右中丞許之帰路云々、是聖賢院領
田賢業律師沽却之間事沙汰之故也、

＊アミの部分は書き込まれた記事。

今月事
内侍所御神楽　荷前使　院宮荷前　着駄政　円宗寺法華会　院宮仏名
歳末御修法　同御懺法　稲荷般若会　法金剛院一切経会　節分心経

文永三年十一月一日従五位上行権暦博士兼丹波権介賀茂朝臣定員
追儺上卿、中宮権大夫、宰相、左大弁、　従五位上行陰陽少允賀茂朝臣在臣
小除目、僧事宣下、　正五位下行暦博士兼備後介賀茂朝臣在秀
今夜々半一条以北北小路富小路有炎上云々、　正五位下行権暦博士賀茂朝臣在統
従四位下行陰陽博士賀茂朝臣在資
従四位下行図書頭賀茂朝臣在兼

(晴陰あい交り、寒気あり。右佐〈記主藤原経光の長男、右衛門権佐兼頼《うえもんのごんのすけかねより》のこと〉一院《いちいん》〈後嵯峨院のこと〉に参り、御入内散状等を申す。今日写経昨のごとし。舎利講《しゃりこう》自筆阿弥陀経《あみだきょう》供養例のごとし。兼智僧都《けんちそうづ》〈記主経光の息男〉来たる。招引により右中丞〈右中弁《うちゅうべん》日野資宣《すけのぶ》、経光の一族〉のもとへ向かうの帰路と云々。これ聖賢院領田賢業律師沽却《りっしこきゃく》の間の事沙汰の故なり。追儺《ついな》の上卿《しょうけい》は中宮権大夫、宰相は左大弁。小除目《こじもく》、僧事宣下。今夜々半、一条以北北小路富小路に炎上ありと云々。)

●―5行空きの具注暦(『深心院関白記』文永3〈1266〉年7月)

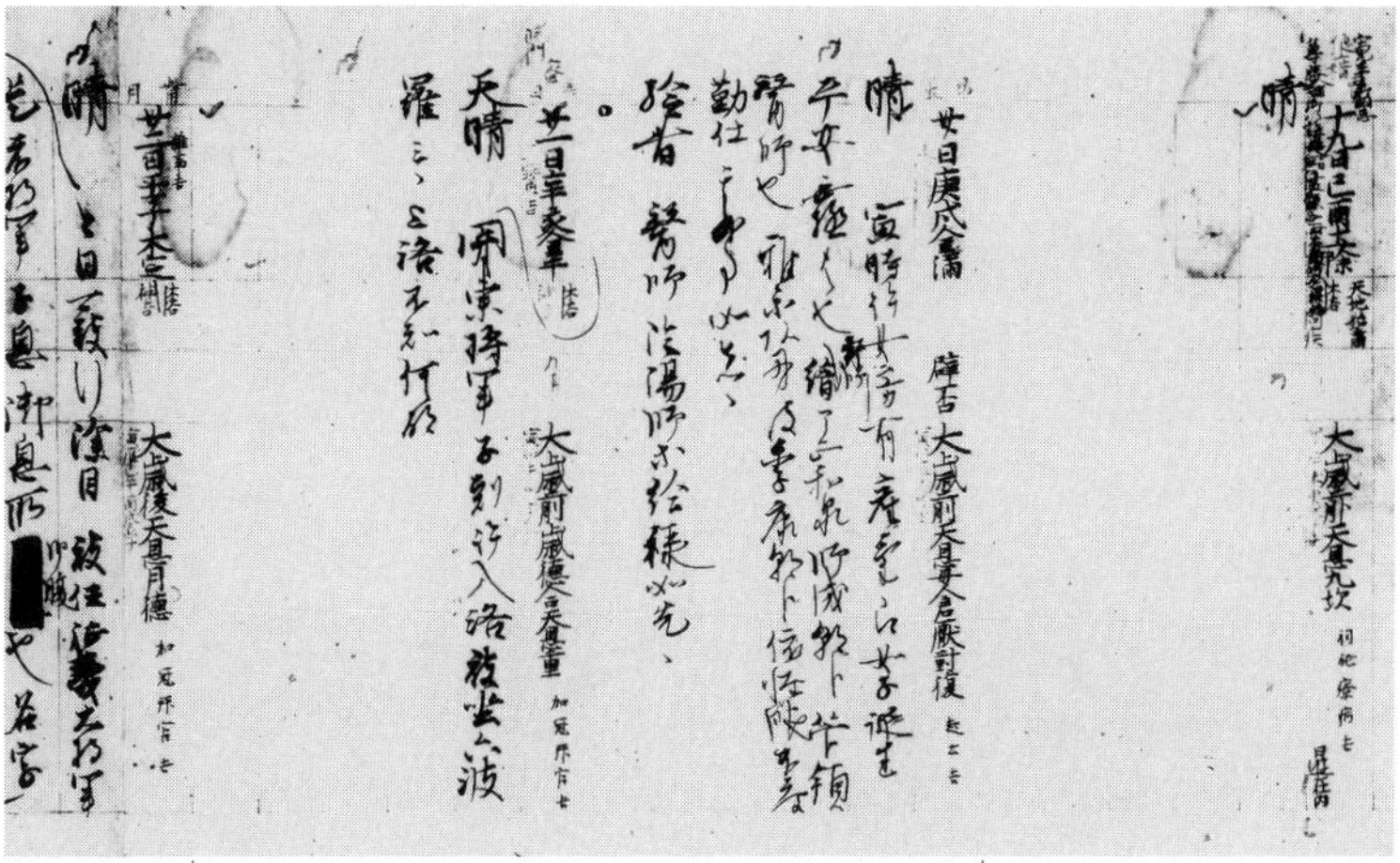

釈　文

(二十・二十一日条釈文)

『昴土』廿日、庚戌、金満『忌夜行』―― ―辟否― 大歳前、天恩、母倉、厭対、復　起土吉『寅卯辰巳申酉亥子丑』

晴、寅時許女房有産気、即女子誕生、平安無極者也、医師織部正和泉師成朝臣管領
医師也、雅楽頭丹波季康朝臣依軽服未参勤仕、其外事如先々、
験者・医師・陰陽師等給禄、如先々、

(晴れ。寅《とら》の時ばかり女房〈記主基平の室、源通能女《みなもとのみちよしのむすめ》のこと〉産気あり。すなわち女子誕生す。平安極まりなきものなり。医師織部正和泉《おりべのかみいずみ》師成《もろなり》朝臣管領医師なり。雅楽頭丹波《うたのかみたんば》季康《すえやす》朝臣は軽服によりいまだ参り勤仕せず。そのほかの事は先々のごとし。験者《げんじゃ》・医師・陰陽師《おんみょうじ》らに禄を給う。先々のごとし。)

『蜜畢日』『滅門』廿一日、辛亥、金平『三宝吉』―沐浴『神吉』―『九虎』― 大歳前、歳徳合、天恩、重　加冠・拝官吉『寅卯午申酉亥子』

天晴、関東将軍子刻許入洛、被坐六波羅云々、上洛不知何故、

(天晴れ。関東将軍〈鎌倉幕府将軍宗尊《むねたか》親王のこと〉子《ね》の刻ばかり入洛し、六波羅《ろくはら》におわせらると云々。上洛何故《なにゆえ》か知らず。)

右のように書いたあと、二十一日条の「関東将軍子刻許入洛」以下の部分を二十日条の末尾に移すように記号で示している。当時の一日の区切りは現代の午前三時ごろであり、二十一日の「子刻」(現代の前日午後一一時から午前一時まで)は二十日のこととなる。実際、このときの宗尊親王の入京は二十日の深夜であった(『吾妻鏡《あずまかがみ》』『帝王編年記《ていおうへんねんき》』など)。基平はこの情報を翌日になって知ったために二十一日条に書いてしまい、あとから日付の誤りに気づいたのであろう。

●── 2行空きの具注暦(『綱光公暦記』寛正5〈1464〉年12月)

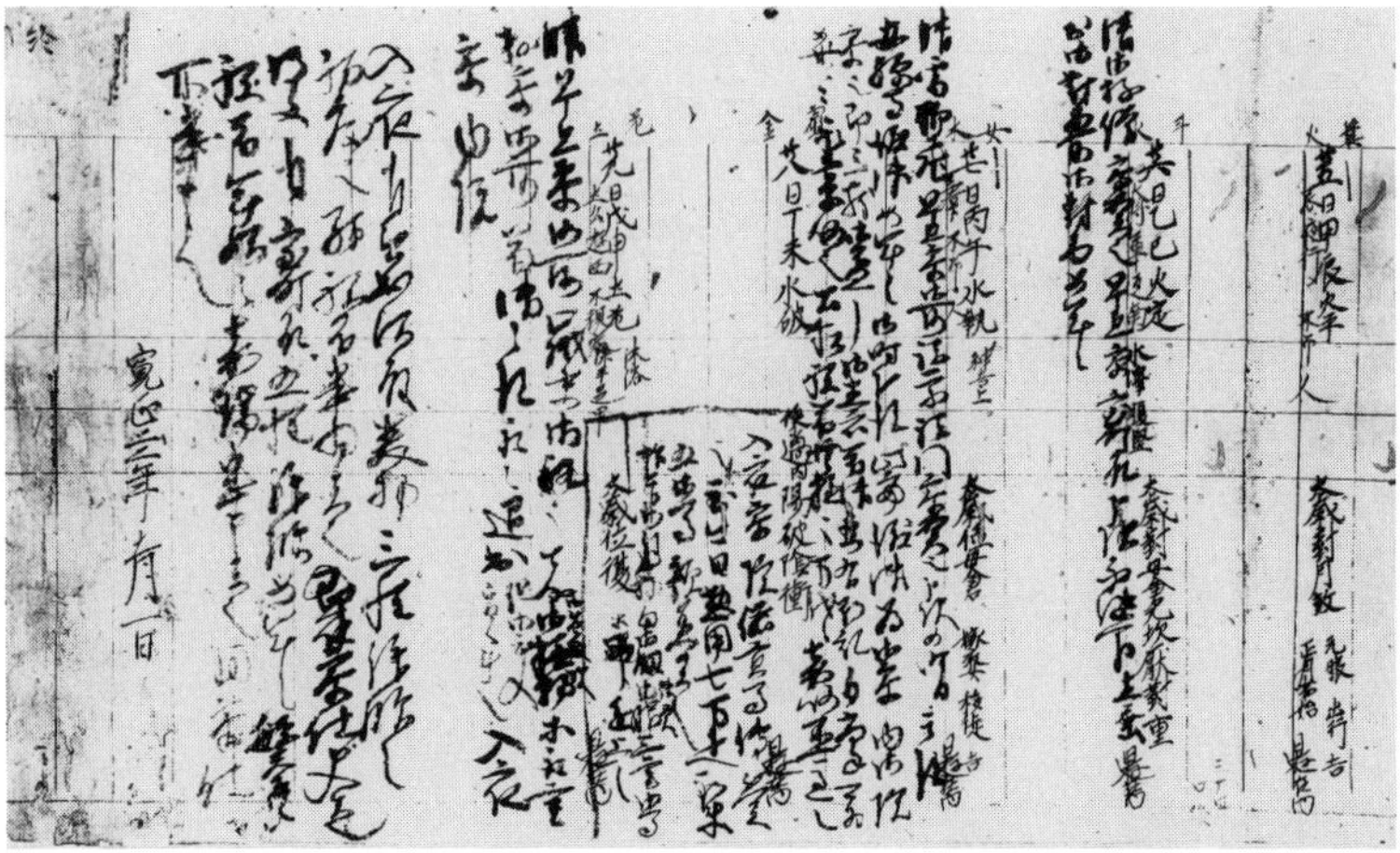

空白行のある具注暦では、巻物として分量もかさばらず記事を書く余裕もそれなりにあるという点で、二行空き程度のものがもっとも普通であったと思われる。実際には毎日きちんと二行分のスペースに記事を書いているわけではなく、まったく記事のない日もあれば、記事が多すぎて該当する箇所に書ききれないようなこともあった。

上の例では、十二月二十五日・二十八日条には記事がまったく書かれていない。その一方、二十七日条の記事は大きくはみだして二十八日の部分の下半分まで埋めており、大晦日の二十九日条は具注暦の巻尾の余白を含めて七行分にわたって書き込まれている。

　空白行のあるものは、具注暦を日記帳として利用しやすくするために、記事を書き込むスペースを用意したもので、いわば書込み式のカレンダーであり、『御堂関白記』をはじめ日記帳として広く利用されている。その形式には、一行空きや二行空き、三行空きのものから、なかには『猪隈関白記《いのくまかんぱくき》』や『深心院《しんじんいん》関白記▲』のように、毎日五行分空けているものもあった。空白行のない具注暦は通常一年分一巻であるが、空きが多いと当然紙数もふえて巻物が太くなってしまう。そのため、たとえば五行空きの『猪隈関白記』や『深心院関白記』の具注暦は春・夏・秋・冬各一巻で一年分四巻となっており、二行空きの『後深心院《ごしんじんいん》関白記▲』の具注暦は春夏・秋冬各一巻で一年分二巻とされていた。

　鎌倉中期の公卿《くぎょう》、藤原経光《つねみつ》（一二一二〜七四）の日記『民経記《みんけいき》▲』貞永《じょうえい》元（一二三二）年三月記の紙背文書《しはいもんじょ》（料紙《りょうし》の裏面にみえる文書。後述）には、「行闕御暦」に「加点」したものを毎年進上します、という内容の十二月二十二日付の権《ごん》暦博士（賀《か》茂定昌《ものさだまさ》カ）書状がみえる。宛先は経光の父頼資《よりすけ》で、貞永元年の前年の一二三一（寛喜《かんぎ》三）年十二月のものと考えられる。尊敬のため貴人の名前の上を空けて書くことを「闕字《けつじ》」というように、「闕」という文字には「空ける」という意味があり、

▼**『猪隈関白記』『深心院関白記』**　『猪隈関白記』は藤原家実《いえざね》（一一七九〜一二四二）の日記で、記名は晩年の邸宅「猪隈殿」に由来する。『深心院関白記』は家実の孫、近衛基平《もとひら》（一二四六〜六八）の日記で、記名は基平ゆかりの「深心院法華堂」（京都西谷光明寺《にしたにこうみょうじ》内にあった）に由来する。

▼**『後深心院関白記』**　近衛道嗣《みちつぐ》の日記。記名は道嗣の法号「後深心院」に由来する。

▼**『民経記』**　経光は蔵人や弁官《べんかん》、民部卿《みんぶきょう》などを歴任した事務官僚で、記名は民部卿藤原経光に由来する。『経光卿記』『経光卿暦記』とも称す。

この「行闕御暦」は行空きのある具注暦をさしていることはまちがいない。「加点」とは、具注暦を使う人に個人的に関係のある日にちを調べて合点《がってん》をつけておくことを意味するのであろう。

この書状にみえるように、暦博士らは注文に応じて、使用する人専用に調整した来年の具注暦を年末近くにおさめており、そのため同年の暦であっても、合点の位置などの細部の記載や空白行の数が異なるものが存在するのである。

暦に記事を書く工夫

具注暦に書かれた日記を一般的に「暦記」と呼ぶが、空白行のない具注暦に書かれた暦記をみると、上部欄外の余白や暦注のわずかな隙間に小さい文字で書き込んだり、具注暦を毎度裏返して毎日の行の裏にあたる位置に細かく記事を書き込んだりしており(この場合、巻物の左から右へと毎日の記事がならぶことになる。次ページ図版参照)、室町《むろまち》時代の神祇伯忠富王《じんぎはくただとみおう》(一四二八〜一五一〇)の『忠富王記』のように、最初から具注暦を裏返して単なる白紙の巻物とし、暦の日付の位置と無関係に記事を書き連ねているものもある(一四ページ図版参照)。

●──空白行のない具注暦に記事を書いた日記（『満済准后日記』応永30〈1423〉年３月，上が表で下が裏）

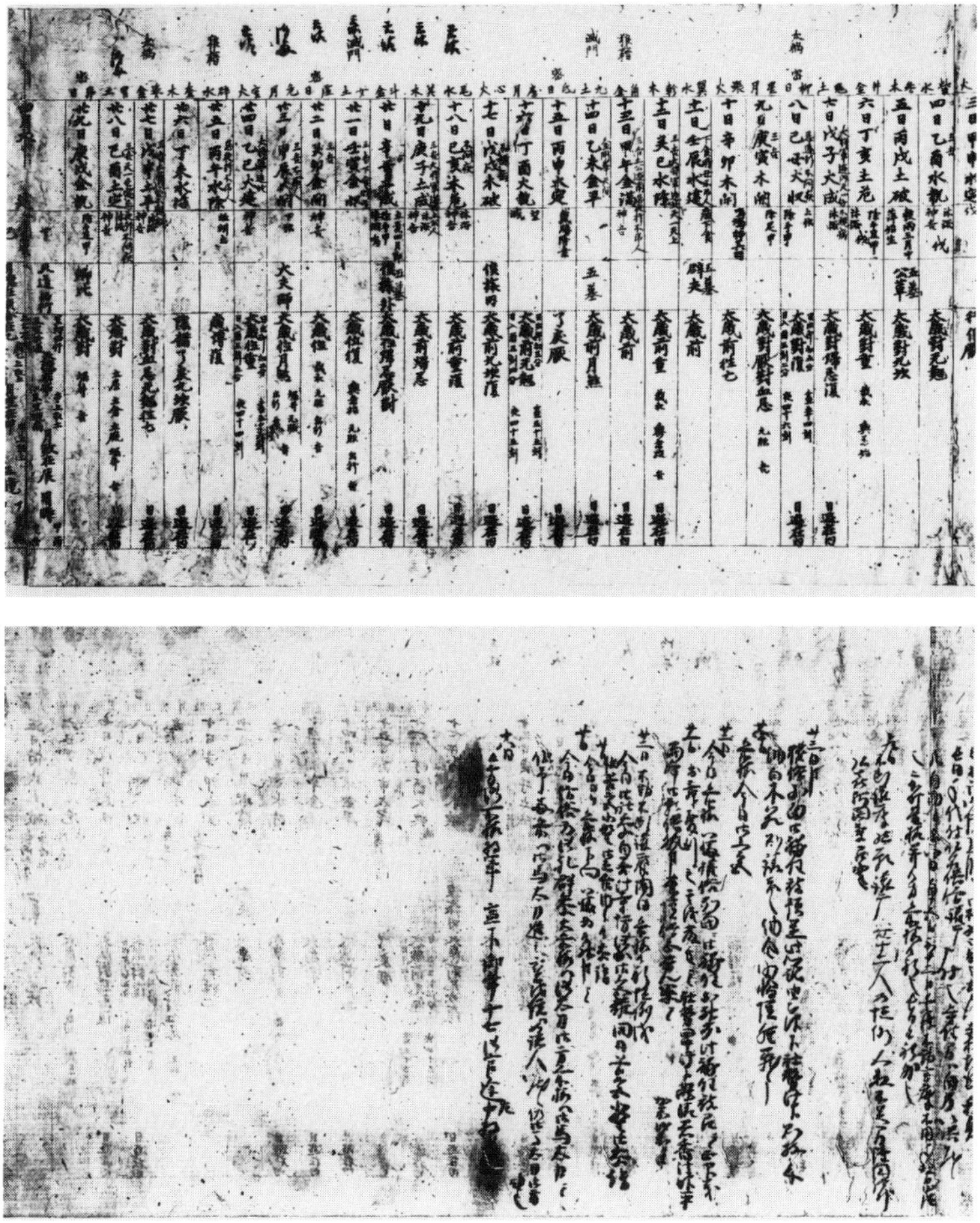

●──具注暦を白紙として再利用した日記(『忠富王記』文亀 4〈1504〉年正月，上が表で下が裏)

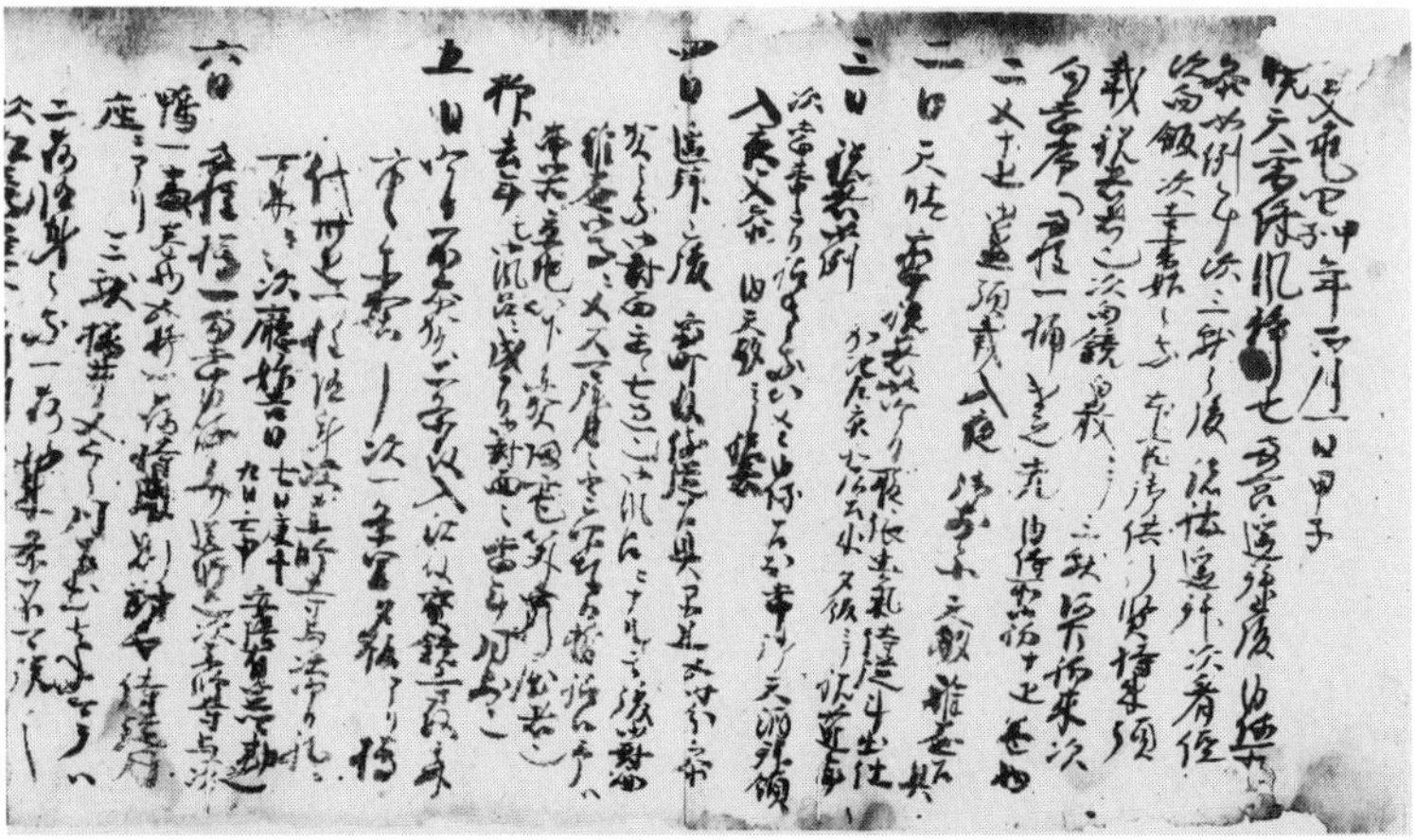

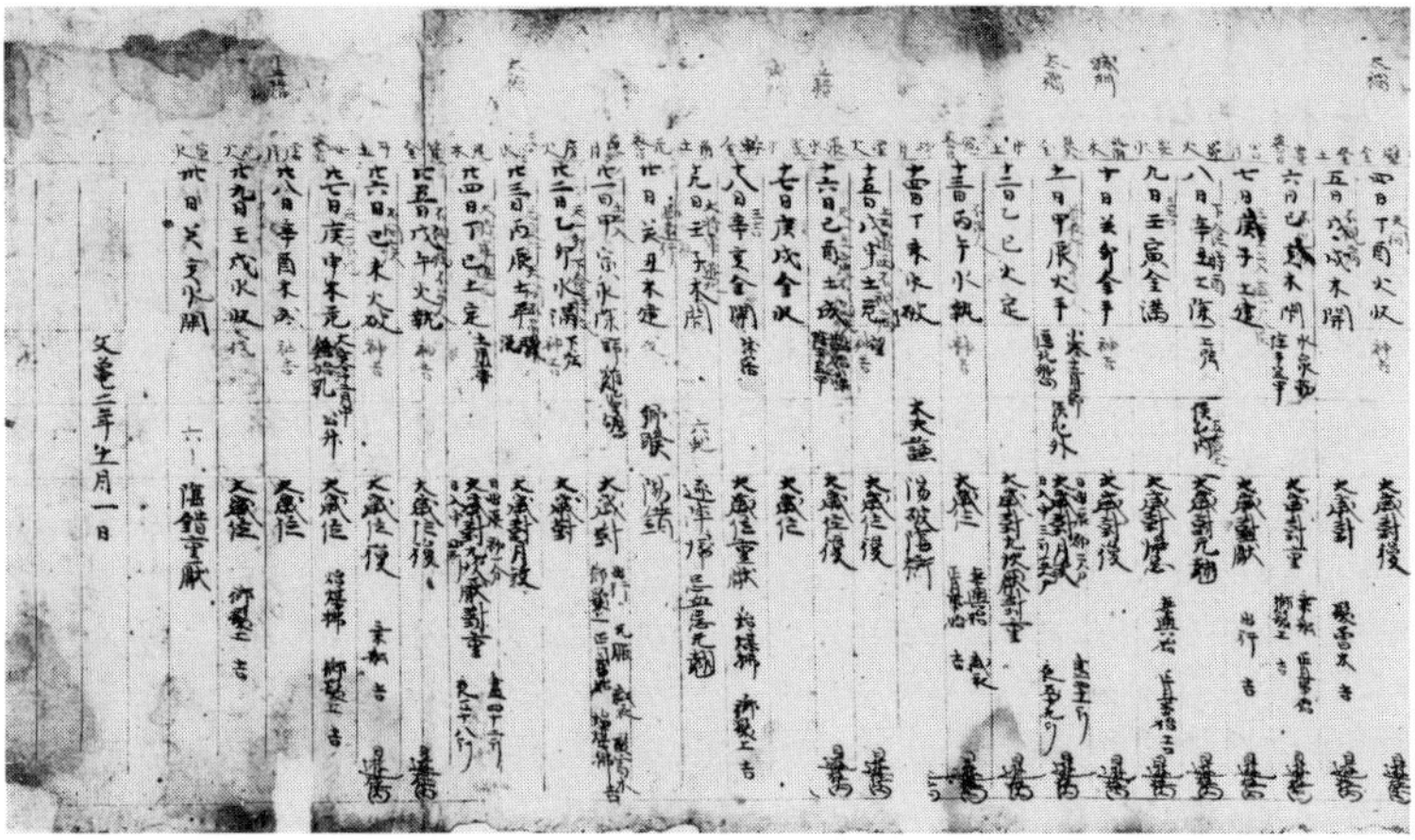

毎日ごく簡単な短い記事だけですむのであれば、これらの書き方でもよかろうが、やや分量のある、まとまった記事を書くためには工夫が必要である。そんな試行錯誤の例を『民経記』にみてみよう。

記主（日記の筆者）の経光は一五歳ではじめて昇殿を許された一二二六（嘉禄《かろく》二）年から日記を書き始めているが、最初の年は父頼資宛の書状などの、身辺にあった反故を裏返して巻物に仕立てたものを日記帳としている。同年の空白行のない具注暦が翌一二二七（安貞《あんてい》元）年の日記の一部に反故として再利用されていることから、経光の手許にはこの嘉禄二年具注暦もあったことはまちがいないが、おそらく毎日の干支や吉凶を知るために参照する程度の利用に止め、自由に記事が書ける手製の日記帳を採用したのであろう。

経光の家は藤原氏のなかでも勘解由小路《かでのこうじ》家と呼ばれ（のちには広橋《ひろはし》家となる）、父頼資のときに日野《ひの》家から分家したばかりであり、日野家と同じ名家《めいか》▲としての家格を確立するため、二代目の経光は父とともに朝廷政務の故実《こじつ》・作法《さほう》を蓄積することに励まざるをえない状況であった。そのため、詳細な長文の記録を書けるよう工夫し、実際に最初の日記から長い記事を書いているのである。

▼**名家**　蔵人や弁官、蔵人頭《とう》をへて大納言にまでいたる家格で、この家の者は学問・故実を伝え、事務官僚として文書行政に活躍した。日野家以外には勧修寺《かじゅうじ》家や平《へい》家などがあった。

●──二本立ての日記が創出される過程─1（『経光卿暦記』安貞元〈1227〉年10月）

●──二本立ての日記が創出される過程─2（『経光卿暦記』安貞元年10月）

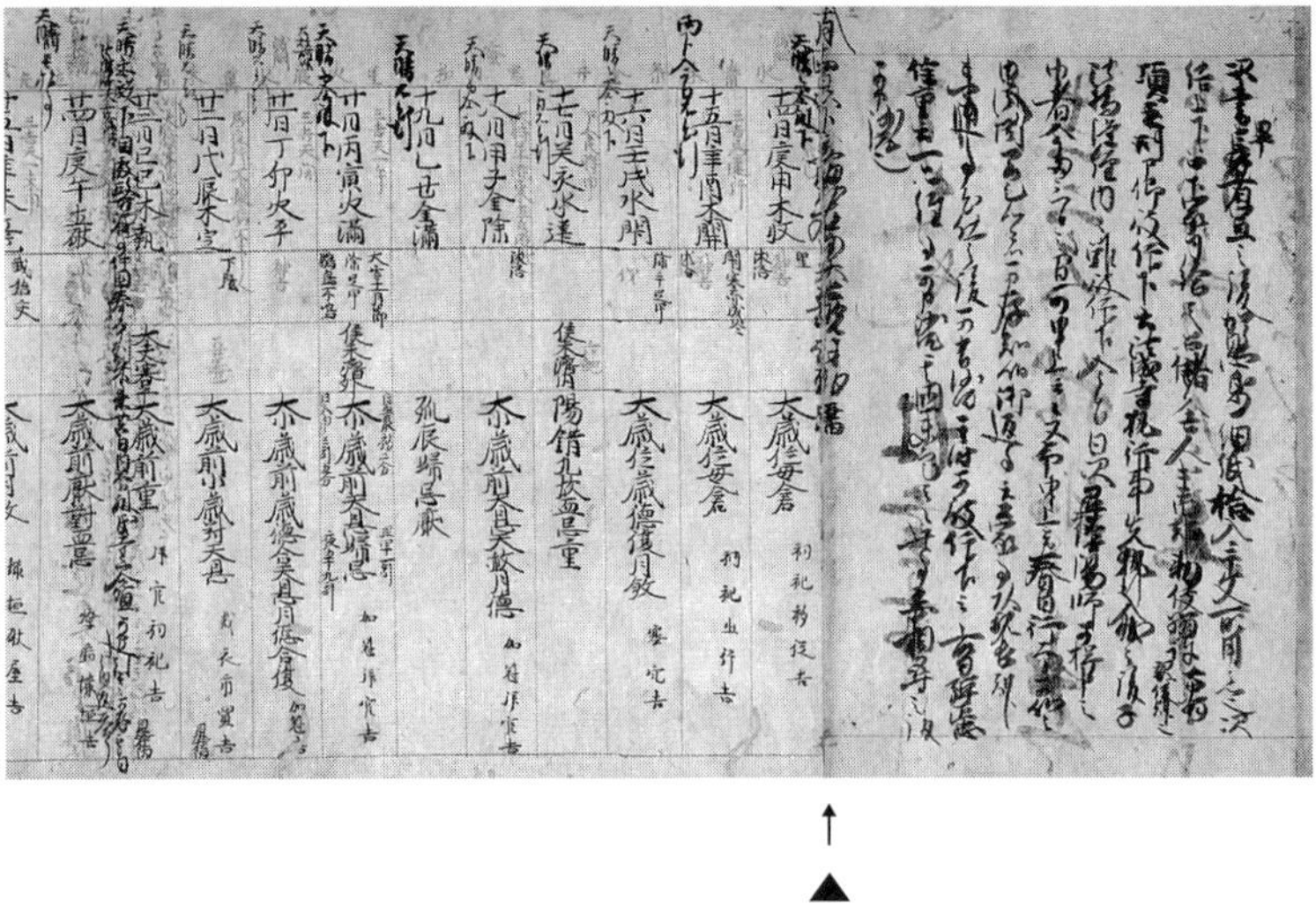

経光は当初、空白行のない具注暦を細かく切断し、記事を書いた反故などの別紙をこまめに挿入してふたたび貼り継ぎ、詳しい日記を作成していた(右上。「↑」は紙継目を示す)。ところが、十月十三日条を書いた別紙を貼り継いだところまでで、たいへん手間のかかるこの方法を改めることにした。十四日条の端に「十月十四日以下委細の記奥にあり。大概ばかり暦に記す」と注記し(右下▲)、以後は具注暦にはきわめて簡単に要点だけを書き、別に反故を再利用して用意した日記帳のほうに毎日の記事を詳しく書くようになった(下)。

　日記が二本立てになる直前の十月十三日条挿入紙(右下の右半分の紙)と、新しい日記帳の第一紙(下の右半分の紙)は、それぞれの紙背文書の内容や筆跡を調べると、本来は一通の書状の後半部分と前半部分に相当することが判明する。このようにそれまでの挿入紙と新しい日記帳は同じ性質のものであり、別紙を具注暦にいちいち貼り継いで挿入する作業を省いてそのまま別個の巻物としたのであった。

●—二本立ての日記が創出される過程—3(『経光卿記』安貞元年10月)

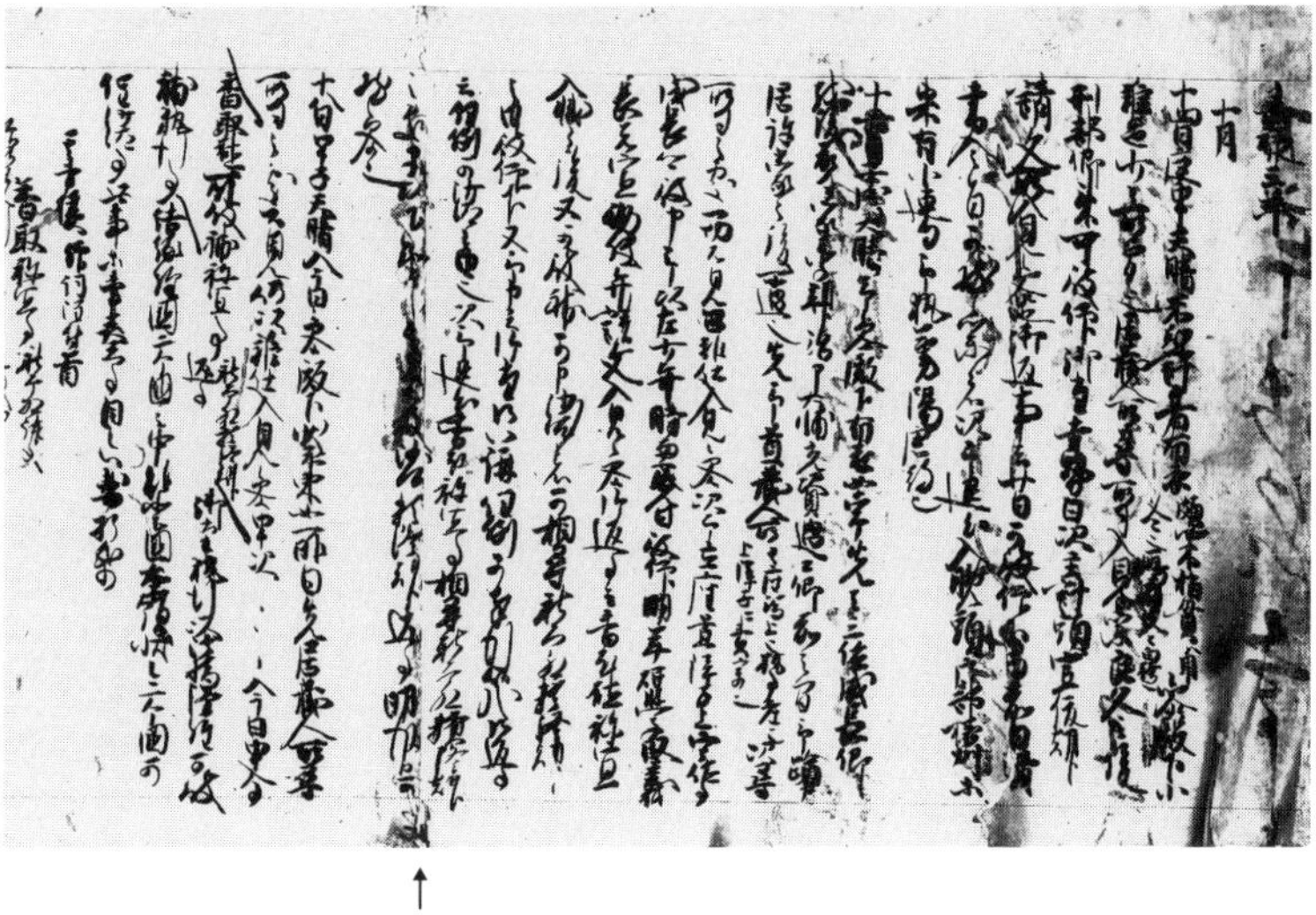

日記を書き始めて二年目からは具注暦を日記帳として利用し始めるが、この年も経光の手許にあるのは空白行のないものであった。そのため、記事が少ない日は具注暦の裏面にまちがわないよう必ず日付をそえて書き、場所が足りなくなると表面の暦注の隙間に続きを書いている。記事が多くなりそうな日は初めから反故を裏返した白紙に長文の記事を書き、その別紙を具注暦を切断して挿入し、ふたたび貼り継ぐ努力を行っている（一六ページ図版参照）。

秋ごろまではこのような作業をこまめに行っていたが、十月十四日条からは「委細の記奥にあり、大概ばかり暦に記す」として、具注暦にはごく簡単な記事を表面に書くだけとし、詳しい記事を書いた別紙はいちいち具注暦に貼り継ぎ挿入せず、そのまま別の巻物とするようになる（一七ページ図版参照）。これは具注暦を切断する箇所があまりにも多いので、その作業を省くことが目的であったと思われるが、ここに日記を二本立てとし、きわめて簡単な記事は具注暦に、詳しい記事は手製のもう一つの日記帳（経光はこれを「別記」と呼んでいる）に書く、というやり方にいたったのである。経光は一二三二（寛喜三）年からは空白行のある具注暦を利用していることが確認できるが、後々までこの二本立てという方法で日記を書き続けており、やがて記事の内容によって二つの日記帳を書き分けるようになるが、この点についてはあとでふれることにしよう。

空白行のある具注暦でも、その多くは二行空き・三行空きであるため記事を書くスペースは限られており、長文のまとまった記事を書く場合には暦の裏面や次の日の分の空白にまで書き続けたり、空白行のないものと同様、日記を書き込んだ別紙を暦を切断して挿入して貼り継ぐことも多い。空白行の数はたとえば記主の地位によって異なるわけでもなく、同じ記主が年によって違う空白行数の具注暦を使っていることもある。

なお、現存する原本をみていると、さきの『民経記』のように、日記を書き始めた若年のころは空白行のない具注暦を用い、そのあとに空白行のあるものを使うようになるという事例が多いことに気づく。

近衛《このえ》道嗣《みちつぐ》(一三三二～八七)の『後深心院関白記』は原本四八巻が現存しているが、そのうちもっとも若年時にあたる一三五五(文和《ぶんな》四)年までの日記は白紙にまとめて抜き書きしたものである。道嗣は同年八月に二四歳で従一位《じゅいちい》にのぼり(右《う》大臣)、翌一三五六(延文《えんぶん》元)年以降の日記は、毎年空白二行の具注暦を利用し続けるようになる。ところが晩年にはふたたび日記帳の形態が変わり、一三八〇(康暦《こうりゃく》二)年以降の部分は、白紙や、廃棄された空白行のない具注暦や仮名《かな》暦を裏返した料紙に記事を書き連ねている。

道嗣の息男兼嗣《かねつぐ》は一三七九(康暦元)年正月に一九歳で従一位にのぼっており(右大臣)、これらを考えあわせると、道嗣が空白行のある具注暦に日記を書いていたのは自分が従一位になった翌年の年頭から、息男が従一位になった年の年末まで、という事実がみえてくる。道嗣・兼嗣とも、従一位にのぼる前から右大臣になっており、その後に摂政《せっしょう》関白・氏長者《うじのちょうじゃ》にまでいたっているが、位階は従一位が極位《ごくい》(最高位)であった。道嗣の意識▲のなかでは、従一位になって名実ともに当主として活躍することと空白行のある具注暦に日記を書くことが連動していたのではなかろうか。

空白行のある具注暦はよく日記の原本として利用されるものであるが、同じ家で父子など複数の人物が同時に使用した例は今のところ確認できない。空白行のないものでは、たとえばともに神祇伯であった顕広王《あきひろおう》・仲資王《なかすけおう》父子の『顕広王記』『仲資王記』は一一七七(治承《じしょう》元)年の日記がともに現存している。

▼道嗣の意識　なお、文和四年や康暦二年の空白行のある具注暦も、当時近衛家に存在していた痕跡があり(それぞれ陽明文庫所蔵の別の史料に再利用されている)、道嗣は自分が従一位になる以前や息男が従一位になった以後も空白行のある具注暦を利用しようと思えばできたはずである。

あるいは、空白行のある具注暦は個人的に入手するようなものではなく、一家で一つだけ用意し、近衛道嗣・兼嗣父子の例のように、その家の当主など一人がいわば記録役として書き込んでいたものであったのかも知れない。

日記の紙背文書

中世の日記帳の原本でめだつこととして、偶然に、あるいは故意に、文書が付属しているものが多いということがある。具注暦を利用せずに、手許にあった反故を再利用して日記帳としている場合、日記の料紙の裏面(その紙の元来の表面)には多様な文書がみえることになり、このような裏面に残った文書を紙背文書と呼んでいる。

そこには、記主本人や近辺の人びと宛に届いた手紙のほか、記主自身の手紙の書き損じや控え、職務に関する公的な覚書やきわめて私的なメモ類、廃棄された具注暦や仮名暦、さらには和歌《わか》や連歌《れんが》を書きつけた詠草《えいそう》や、物語や歌集などの文学作品類の断簡など、実にさまざまな内容が含まれている(二二・二三ページ図版参照)。これらは日記帳がつくられた当時には不要なものとして転用

●──**反故を裏返して日記を書いているもの**（『言継卿記』天文３〈1534〉年２月）

天文２（1533）年７月23日に行われた織田《おだ》三郎信秀《のぶひで》主催の和歌会の際の詠草を裏返し，約半年後の翌年２月に日記を書くために再利用している。日記が書かれた面（上）の左端には「天文二，七，廿三，織田三郎張行《ちょうぎょう》会」という，元の詠草の端裏書《はしうらがき》がみえる。詠草（下）には「早秋風」「社頭祝」という歌題と記主言継の和歌がみえる。

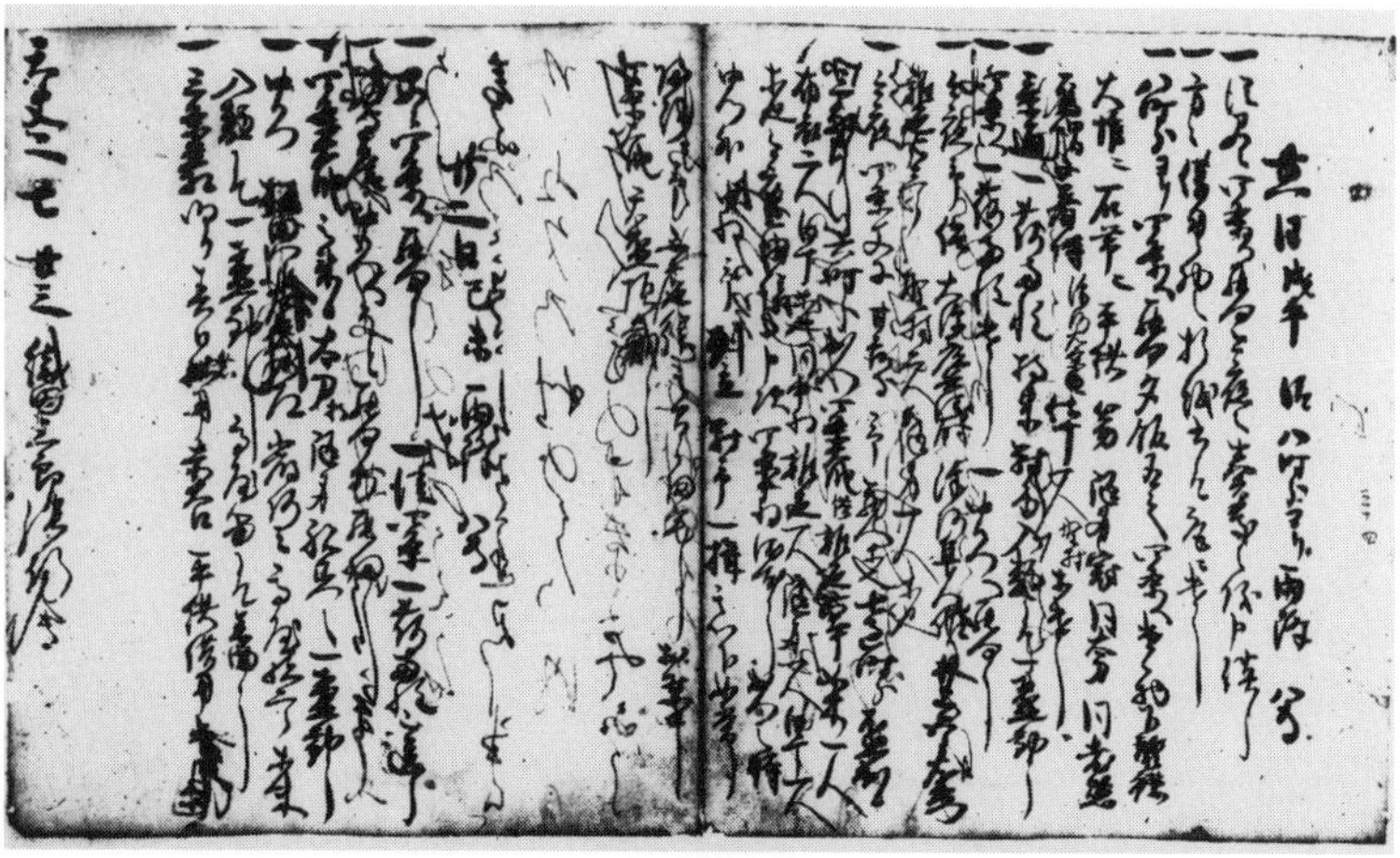

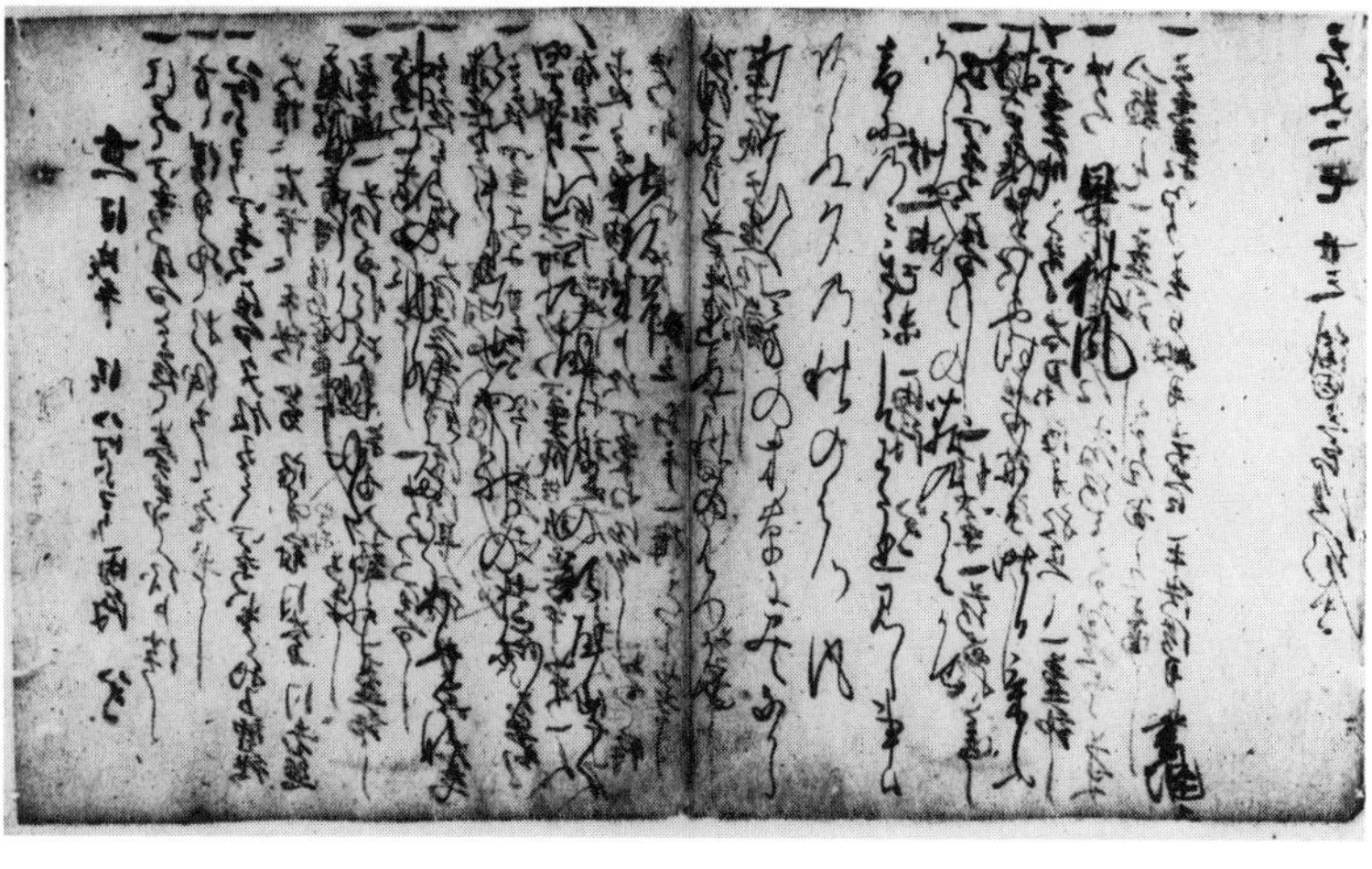

●──さまざまな紙背文書(上：小番結改触状案─『言継卿記』天文４〈1535〉年紙背文書，中：曲舞《くせまい》〈大原御幸・俊寛《しゅんかん》〉─『言継卿記』天文３〈1534〉年紙背文書，下：永《えい》治《じ》２〈1142〉年４月３日散位源行真申詞記─『愚昧記《ぐまいき》』仁安２〈1167〉年11月紙背文書)

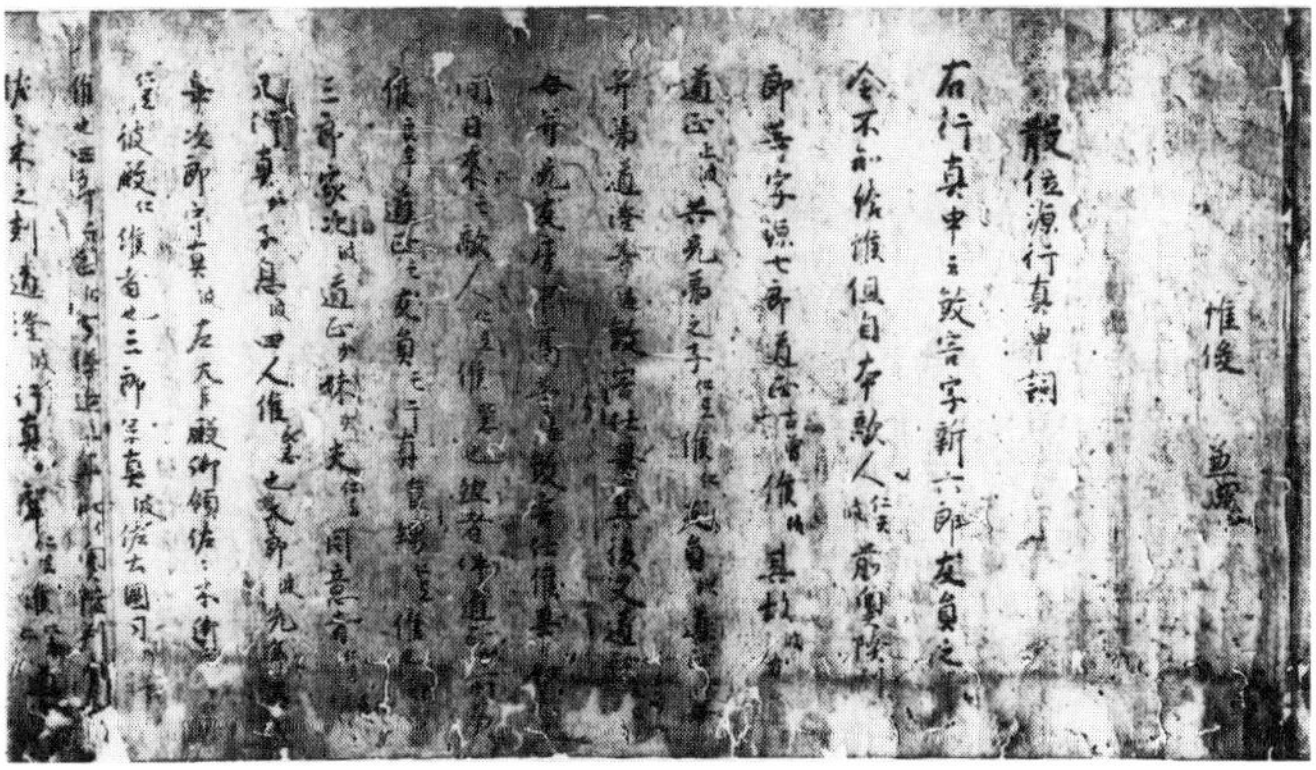

されたものが大部分を占めるが、通常ならば残らなかった性質の史料としてきわめて貴重なものである。

たとえば藤原実房《さねふさ》（一一四七〜一二二五）の日記『愚昧記《ぐまいき》』▲原本の紙背文書には、父親の藤原公教《きんのり》が検非違使別当《けびいしべっとう》であった康治《こうじ》・久安《きゅうあん》年間（一一四二〜五一）の検非違使庁関係文書が多くみられる。そのなかには、検非違使が関係者を尋問した調書である問注記《もんちゅうき》も含まれており、事件のなまなましい内容を伝える貴重な史料である（一二三ページ図版下参照）。

また、紙背文書により表面の日記の成立過程を知ることもできる。たとえば『民経記』のうちには「経光卿御斎会奉行記《つねみつきょうごさいえぶぎょうき》」という、一二三四（文暦《ぶんりゃく》元）年正月の御斎会に関する記事を抜き書きした経光自筆原本がある。この年、経光は二三歳で五位蔵人《くろうど》・右少弁《うしょうべん》・右衛門権佐《うえもんごんのすけ》を兼任しており（三事兼帯《さんじけんたい》▲）、朝廷の政務に活躍していたが、紙背文書に一二六九（文永《ぶんえい》六）年の具注暦がみえることから、この記録は元の日記を書いてから三五年以上経過したのちに抜粋したものであることがわかる。なんの目的でこのようなことをしたのであろうか。

この問題を考える際に、経光の嫡男で蔵人右衛門権佐の兼頼《かねより》が一二七〇（文

▼**『愚昧記』**　記名は実房自身の謙称。ほかの日記においても、記主自身は「愚記」などと自分の日記を謙称していることが多い。

▼**三事兼帯**　五位蔵人・弁官・衛門佐《えもんのすけ》（検非違使）の三つの重要な官職を同時に兼任することをいい、事務官僚としてたいへん栄誉あることとされた。

●——三条西実隆像紙形(土佐光信《とさみつのぶ》筆)

永七)年正月に右少弁に任じられ、勘解由小路家の三代目として父と同じく三事兼帯を果たし、事務官僚として活躍していたことが注目される。つまり、経光は自分の経験した政務作法を同じ立場になった嫡男に指南《しなん》するため、晩年になって改めてみずからの日記を抜き書きして提供したのであり、このような事情も紙背文書の年紀によって明らかになる。

なかには表面の記事と直接関連している紙背文書もある。たとえば、中世後期を代表する文化人でもあった三条西実隆《さんじょうにしさねたか》(一四五五〜一五三七)の日記『実隆公記《さねたかこうき》』の、明応《めいおう》四(一四九五)年二月二十六日条から二十九日条が書かれている二紙の紙背文書は、同月二十七日付の豊原統秋《とよはらむねあき》書状であるが、自作の和歌詠草への実隆の添削を求める内容などが書かれており、さらに行間には統秋と違う筆跡で詠草と添削の文字も書き加えられている(二六・二七ページ図版参照)。

表面の日記の二十八日条には統秋が和歌について尋ねてきたことがみえ、この文書はおそらく、統秋が書状にそえて別紙詠草を送ってきたのに対し、実隆はそれに添削を加えて別紙をそのまま統秋に戻すとともに、みずからの心覚えのために行間に別紙の内容を書きつけたものと考えられる。ここでは記主実隆

26～29日条紙背文書）

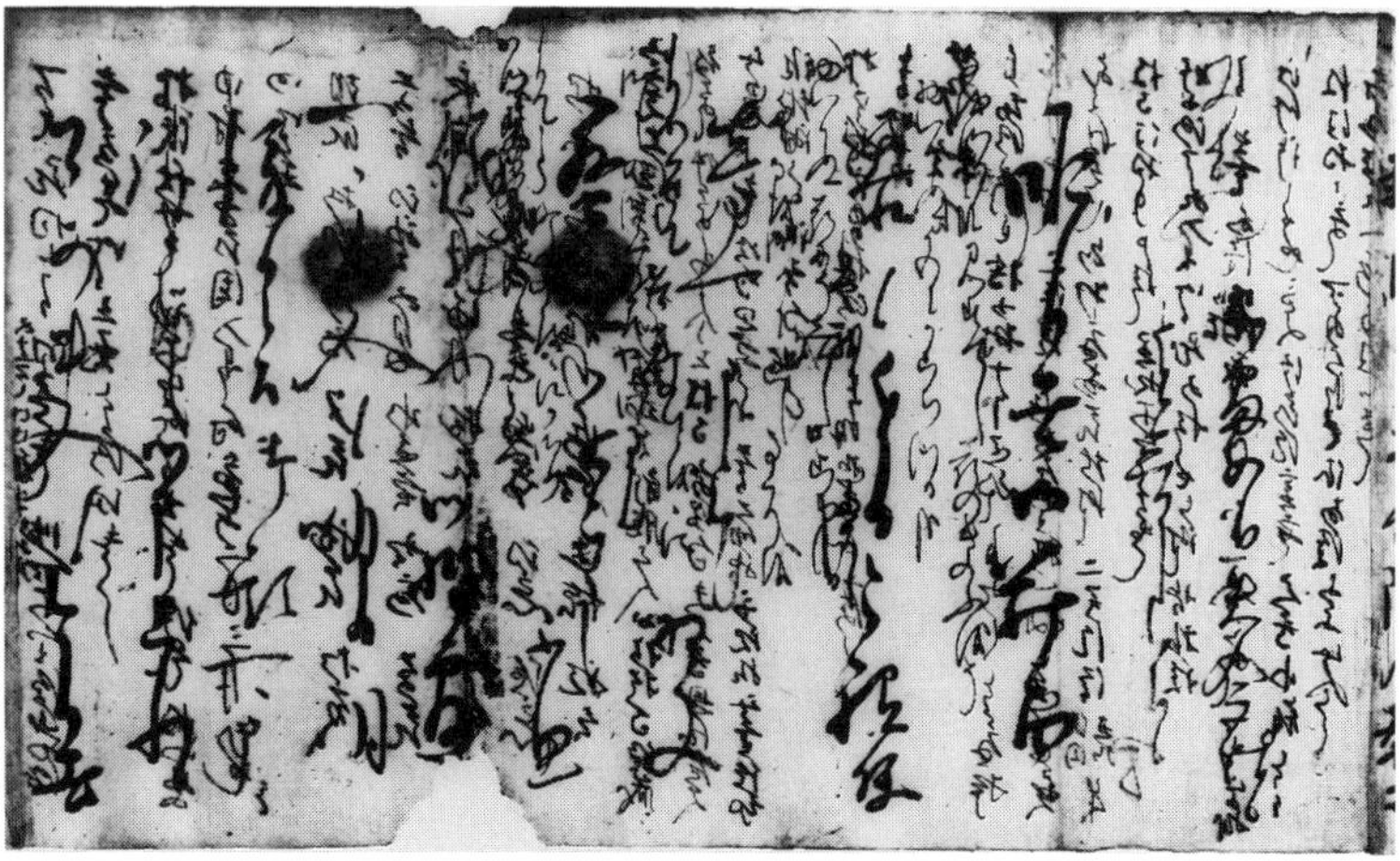

この二紙は豊原統秋（一四五〇～一五二四）の書状である。統秋は室町時代の代表的楽人《がくじん》であるが、三条西実隆から和歌の教習を受けており、統秋の私歌集『松下抄《しょうかしょう》』は実隆が合点を加えた歌を集成したものである。

この書状の表面の『実隆公記』によれば、統秋は二月二十六日に実隆亭を訪れ、翌二十七日には蟹を贈り、秋三十首和歌の歌題を所望した。実隆は「朝霞、梅風、帰雁」に始まる題を統秋に書き遣わしている。書状の文中に「御合点事も」とあるのは、統秋の詠草に実隆の添削を所望することと思われる。

なお、書状の宛先の「中沢殿」は三条西家諸大夫として実隆に仕えていた者である。

（釈文）　＊「／」は改行を示す。

御番の日失念仕候、／そとしるし被下候はゝ／可畏入候、

昨日者御対面／忝候、近日令祗候、／旁可申上候、将又／蟹三進上申候、不思／儀物候へとも、御披露／可畏入候、明日明／後日之間、御題可申／請候、内々御申上られ候／はゝ可畏入候、今日者／態不可下候、御合点／事も寄々御披露／可畏入候、恐々謹言、

二月廿七日　統秋（花押）

豊筑後守

中沢殿御宿所　統秋

●──紙背文書が表面の日記と関連しているもの（『実隆公記』明応 4〈1495〉年 2 月

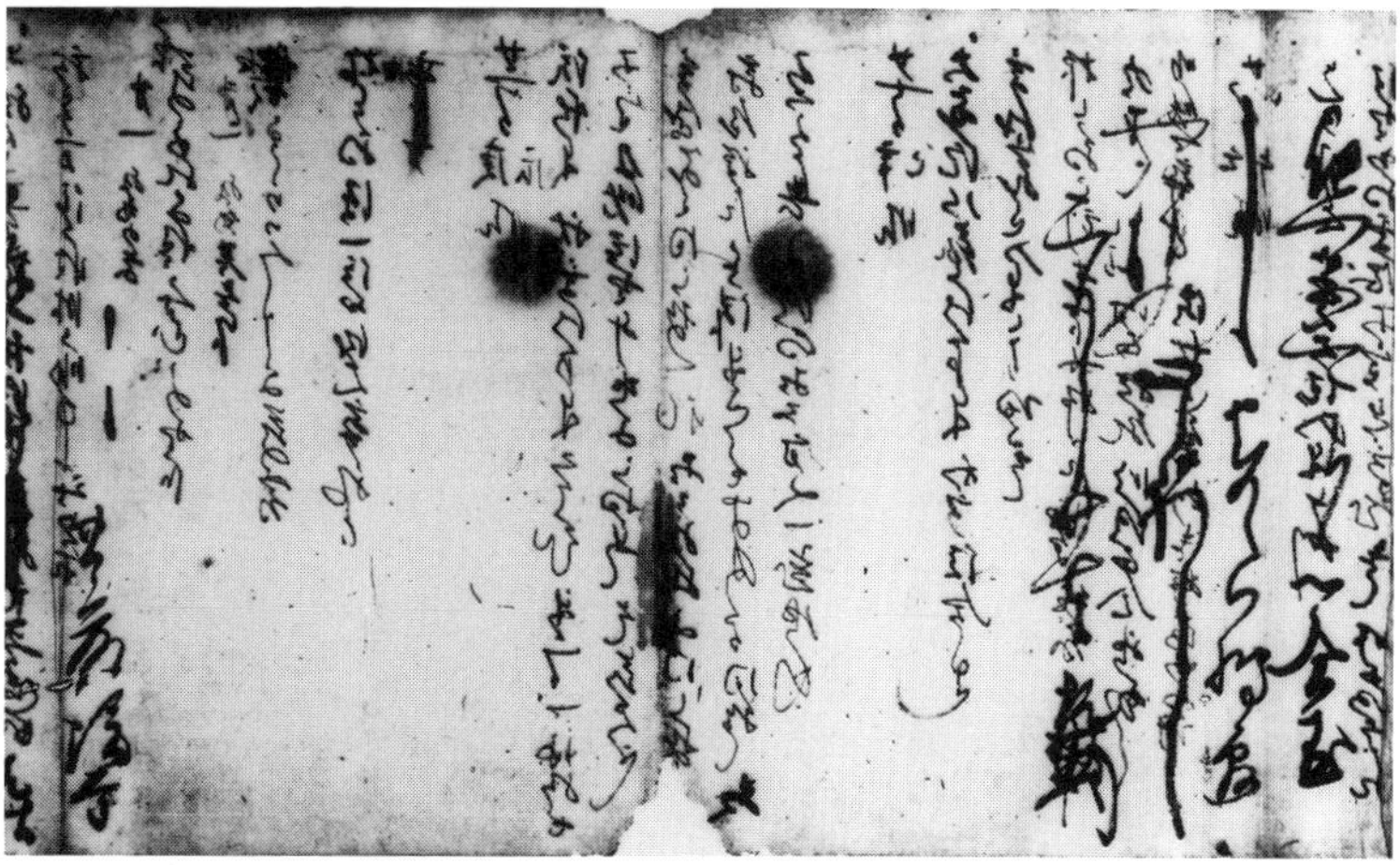

（行間の詠草）

なをさりに見すてし花のきのふをそ
物いはぬ色にかこちつる哉
　はゝ　もや我に　　たまし
物いはぬ花にそしはしかこちつる
　　　　　　出
たゝなをさりに過しなこりを
よりあはせて春は柳のいとをゝに
かさしのさくら花やつなかん
よりてこそ柳のいとをゝにかさめ
　すさくらを
かさしのさくらつなきとむへく

が統秋書状を手控えとして該当する箇所の料紙に利用しているのであり、意図的に残された紙背文書といえよう。

貼り継がれた文書

一方、日記の記事に関係する文書を日記帳に貼り継いで添付していることも多い。つぎにこのような例をみてみよう。

徳大寺《とくだいじ》公清《きんきよ》（一三一二〜六〇）の日記『徳大寺公清公記』は観応《かんのう》元（一三五〇）年春記の原本一巻が現存し、空白三行の具注暦に記事が書かれている。この原本には、㋐彩色をほどこされた牛車《ぎっしゃ》の絵図、㋑年号勘文《かんもん》、㋒他人の日記の抜粋、㋓詩懐紙《しかいし》、㋔指図、㋕交名《きょうみょう》（名前を列挙したもの）、などのさまざまな別紙が具注暦のあちこちを切断して貼り継がれている（三〇〜三三ページ図版参照）。

㋐の牛車の絵図は正月十六日条のなかにあり、記主公清の嫡男実時《さねとき》の拝賀《はいが》（任官されたことに対する礼参）に関するものである。実時は二年前の年末に左近《さこの》衛少将《えのしょうしょう》に任じられており、その拝賀をこの日に行った。拝賀の準備は父公清がすべて差配しており、公清はその際に用いる牛車の絵図を、詳しい記事とともに自分の日記に残している。家や地位によって車の内外に描く紋様や図柄はさまざまであるため、後代の参考となるように写しとどめて該当する記事のところに貼り継いでいるのである。

㋑の年号勘文とは、複数の新年号候補とそれぞれの出典が書かれた文書で、年号（元号）を改める改元の儀に際し、文章《もんじょう》博士など漢学の有識者《ゆうしきしゃ》が諮問に答えて提出するものである。この年二月二十七日、北朝《ほくちょう》の年号が貞和《じょうわ》から観応に改められた。公清は勘文提出を求められた三人のうちの二人（菅原長員・菅原在淳）の年号勘文を二月二十八日条に貼り継いでいる。在淳の勘文のほうには推敲・訂正の跡がそのまま書かれており、草案そのものが写されている。これらは実際に改元定《かいげんさだめ》（新年号を決定する議定）において用いられた書類を写し、自分の日記の記事に添付して保存しているのである。

㋒の他人の日記の抜粋では、「朝尹記《ともただき》」正中《しょうちゅう》元（一三二四）年四月二十九日〜五月一日条を書いた三紙と、「野宮左府記《ののみやさふき》」建保《けんぽ》四（一二一六）年正月十九日条を書いた一紙がある。「朝尹記」は実時拝賀の奉行を勤めた徳大寺家の家司《けいし》藤原親尹《ちかただ》の父朝尹の日記で、内容は公清自身が二六年前に春日社《かすがしゃ》に初参した際の記録で

●──日記に貼り継がれた文書──㋐牛車の絵図(『徳大寺公清公記』観応元〈1350〉年正月16日条)

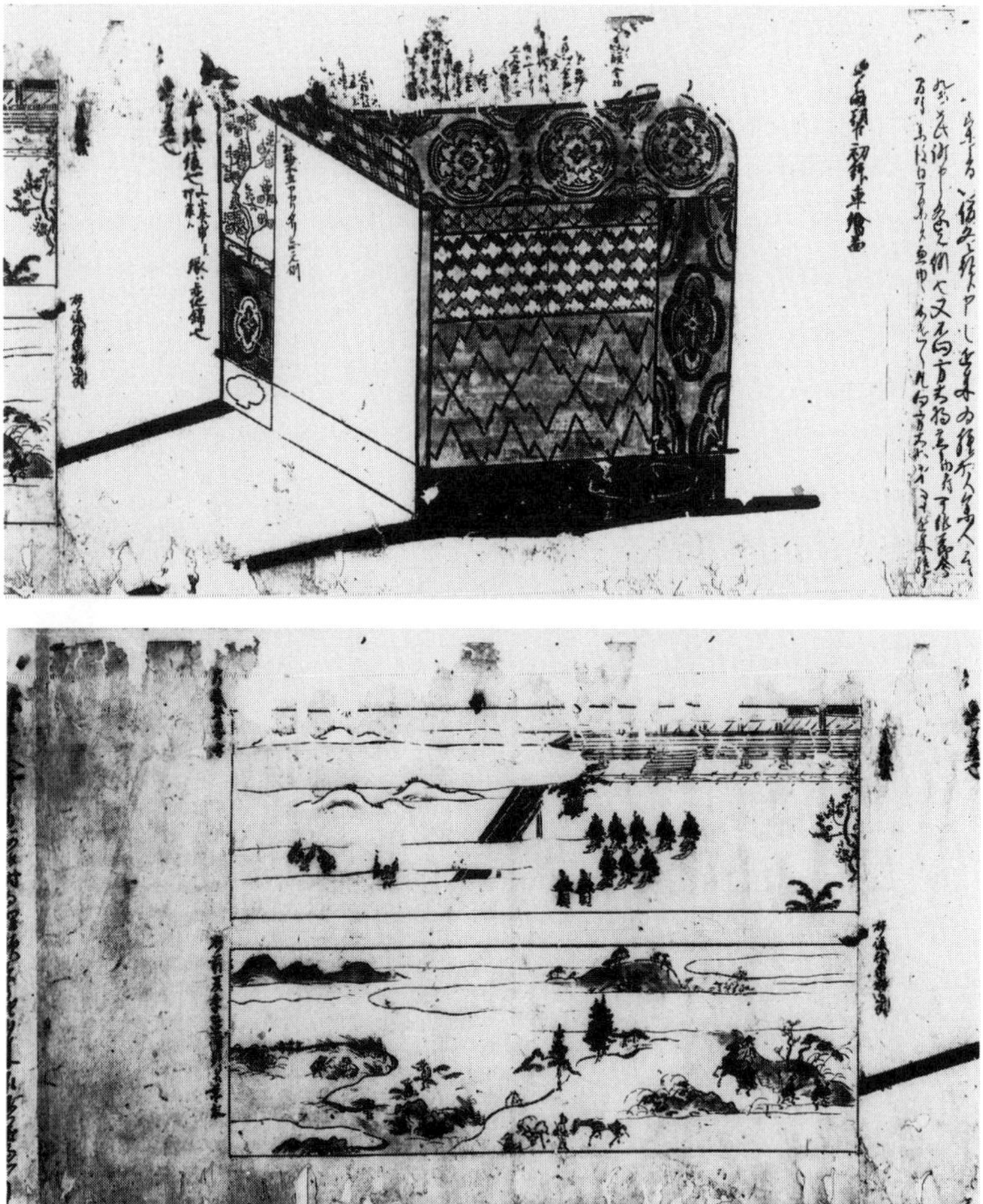

●――日記に貼り継がれた文書―④年号勘文（『徳大寺公清公記』観応元年 2 月28日条）

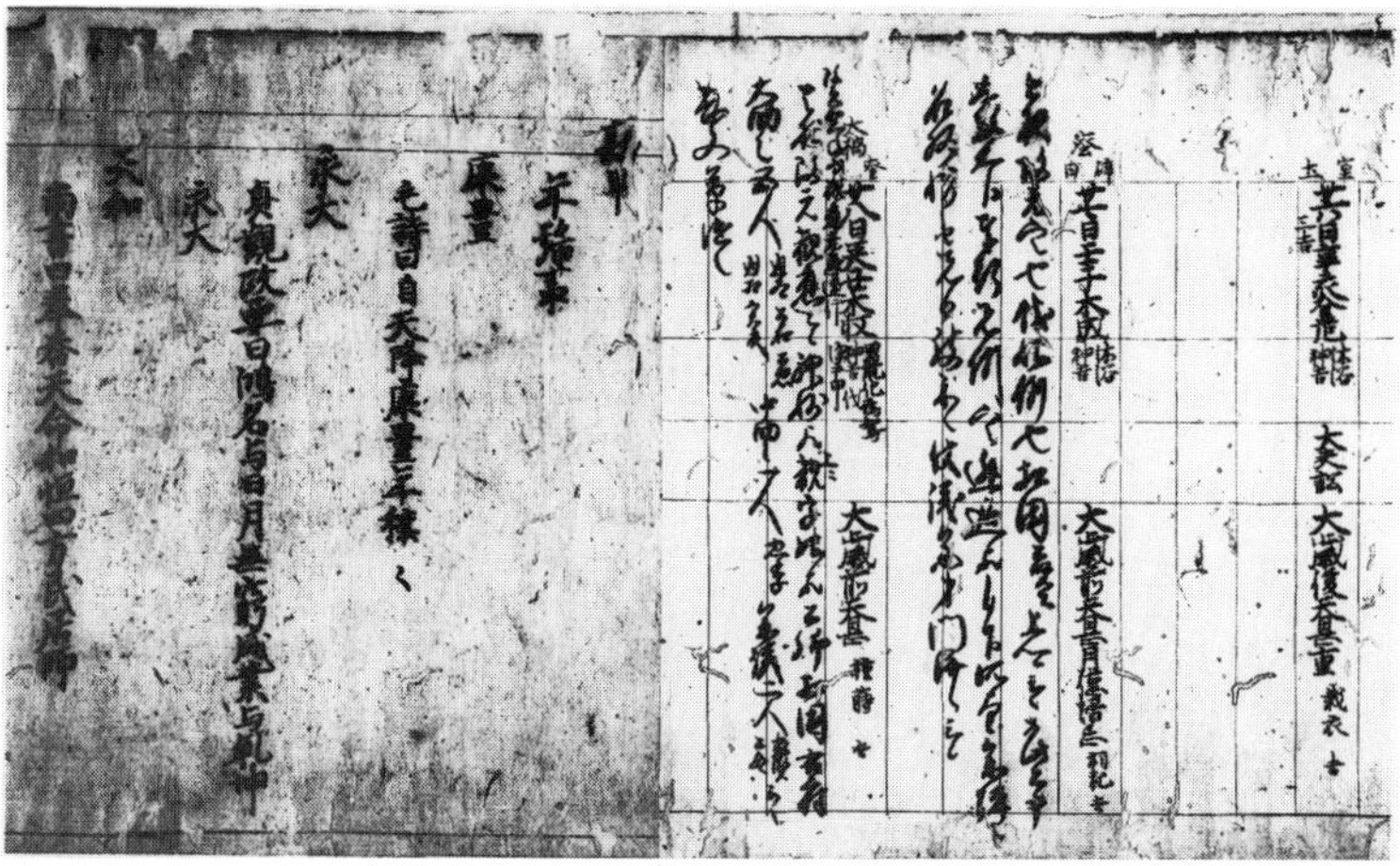

●――日記に貼り継がれた文書―⑤他人の日記の抜粋（「朝尹記」，『徳大寺公清公記』観応元年 3 月 6 日条）

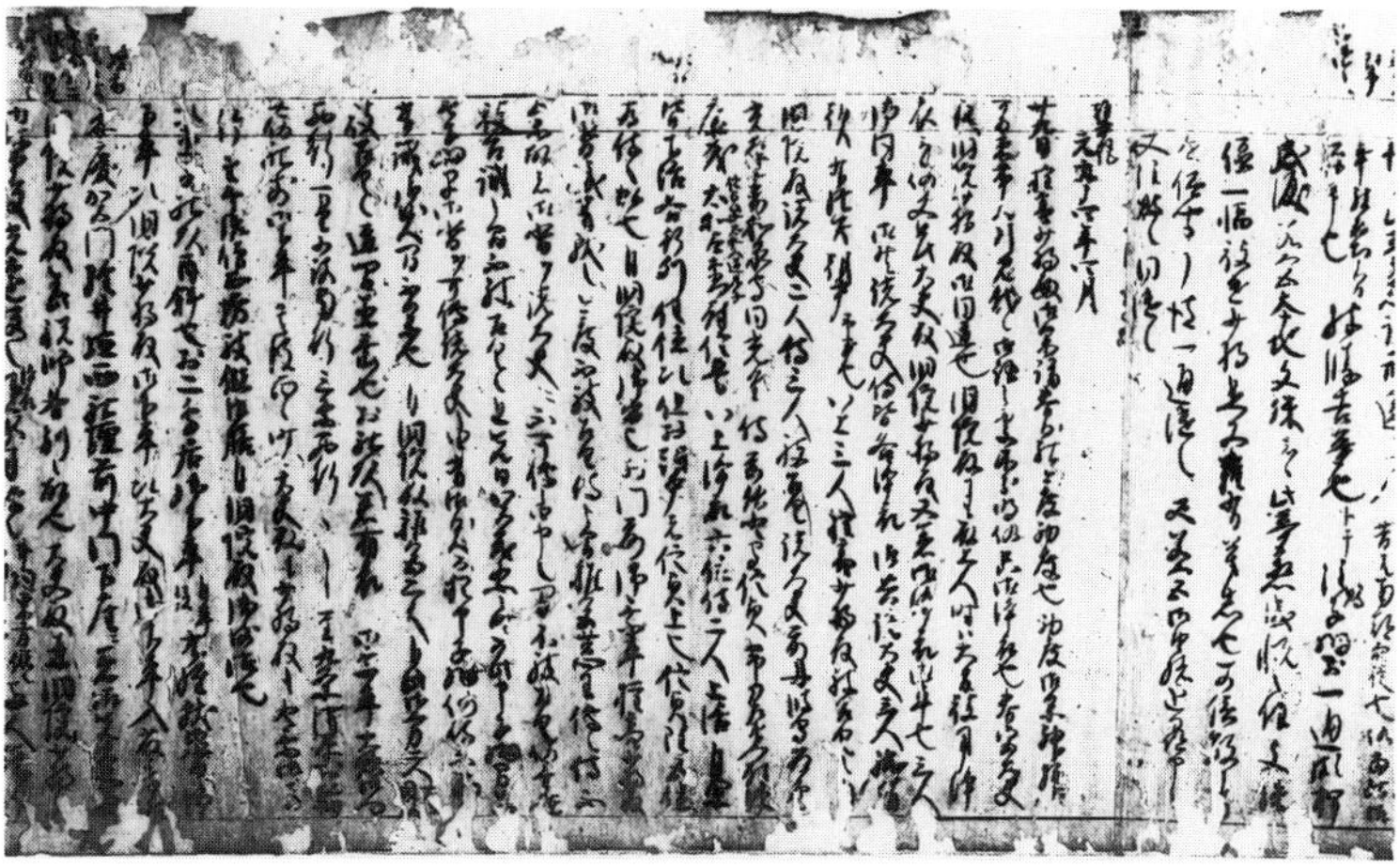

●──日記に貼り継がれた文書──㋒他人の日記の抜粋(「野宮左府記」,『徳大寺公清公記』観応元年 3 月17日条)

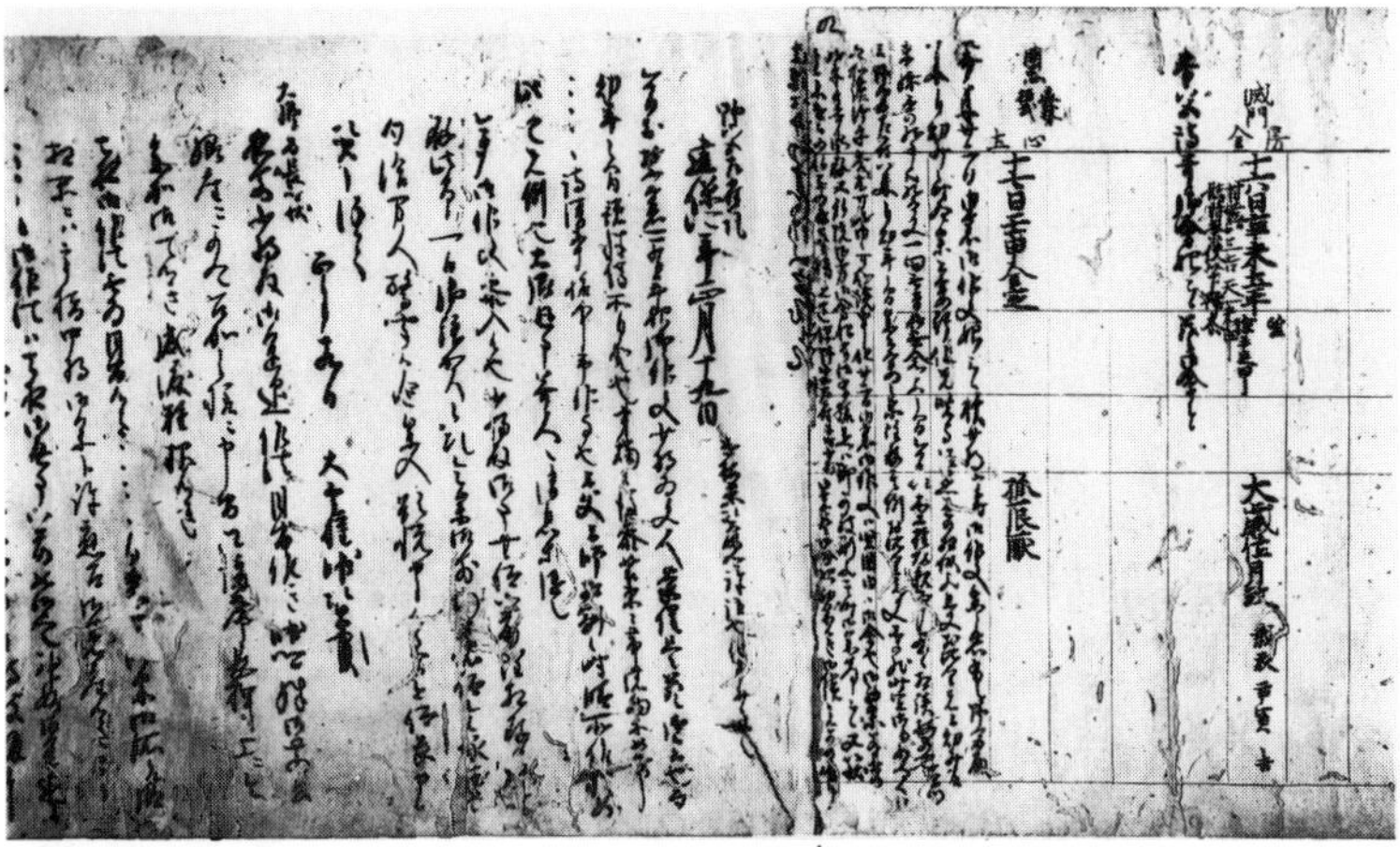

●──日記に貼り継がれた文書──㋓詩懐紙(『徳大寺公清公記』観応元年 3 月22日条)

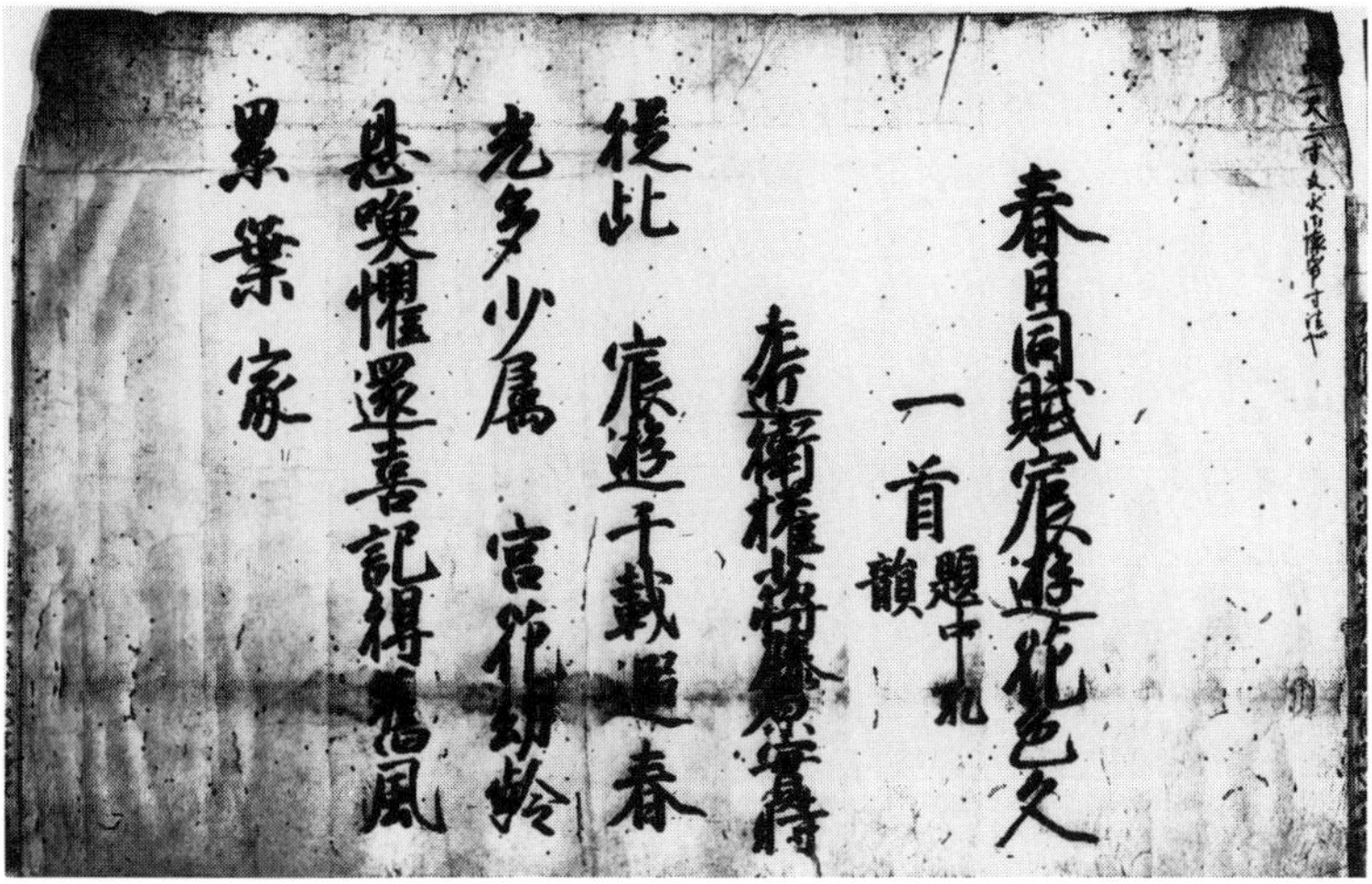

●――日記に貼り継がれた文書――㋔指図(『徳大寺公清公記』観応元年３月22日条)

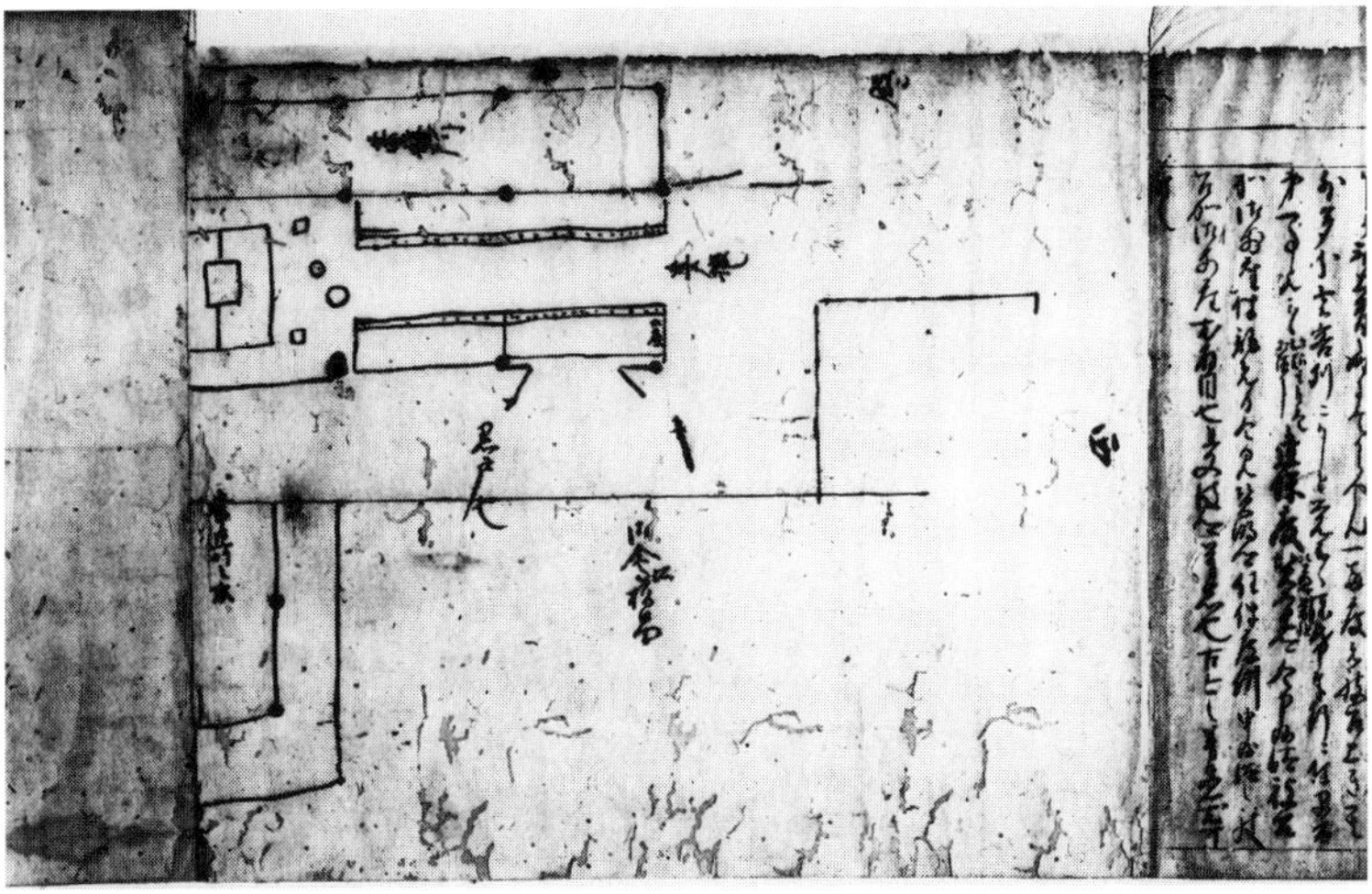

●――日記に貼り継がれた文書――㋕交名(『徳大寺公清公記』観応元年３月22日条)

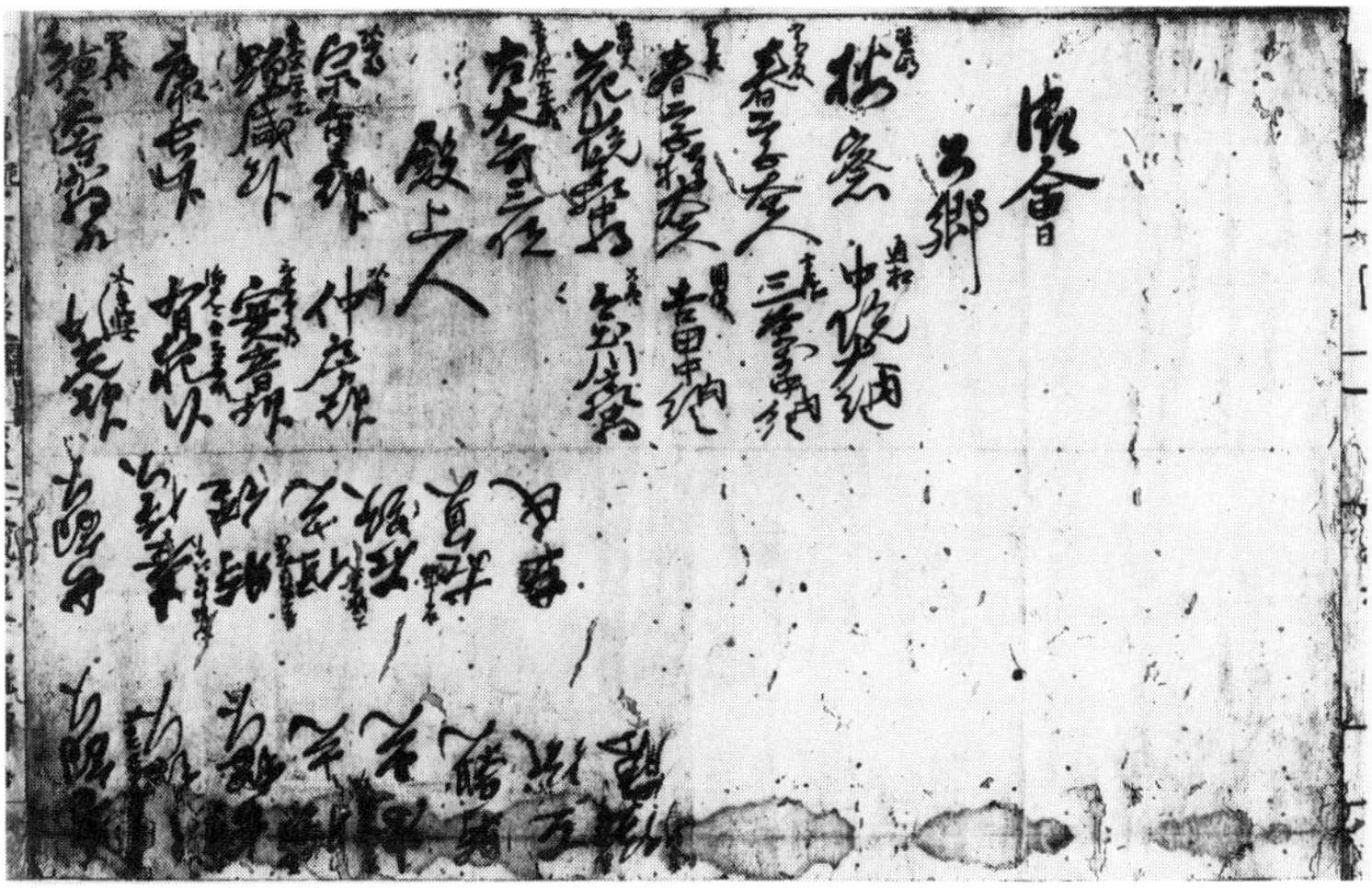

ある。この別紙は三月六日条のつぎに貼り継がれているが、実時は三月四日から六日までやはりはじめて春日社に参詣している。藤原氏にとって、氏神である春日社にはじめて参詣することには重要な意味があるため、その際のさまざまな故実を知るために、息男が初参した日の記事にあわせて父親が自分のときの記録を貼り継いでいるのである。

もう一つの「野宮左府記」とは、左大臣にまでなった藤原公継《きんつぐ》(一一七五〜一二二七)の日記で、公清は公継から四代目の直系の子孫にあたる。記事の内容は宮中で作文会《さくもんえ》(人びとが集まって漢詩をつくる会)が行われた際の記録であり、三月十七日条のつぎに貼り継がれている。この日、内裏《だいり》作文会が五日後の二十二日に行われることが決まり、公清は数え年一三歳の実時をはじめて参加させようと考えた。「野宮殿」すなわち公継のとき以来、徳大寺家代々の当主は少年のときから作文会に参加する習わしであった。▲公清もなんとか自分の息男を先例のように参加させようとして前権大納言柳原資明《さきのごんだいなごんやなぎはらすけあき》に相談したところ、二十二日の作文会はまったくの内々の会なので、はじめての参加には不適当ではないかと告げられたため、一二一六年の実基《さねもと》初参例がそもそも内々の会であったこ

●徳大寺家略系図

実能—公能—実定—公継
実基—公孝—実孝—公清
実時

▼作文会参加の年齢　公継は一三歳、つぎの実基は一六歳、つぎの公孝は一三歳ではじめて作文会に参加している。

とを、当時の公継の日記から証拠の記事を抄出して送りつけ再度申し立てている。公清が日記に貼り継いだ「野宮左府記」は、まさにこの申し立ての根拠となる先例であり、息男をなんとか先祖と同じく晴れ舞台にだしたい親の執念がこめられたものであった。結果的には努力がむくわれ、資明は実時が参加できるよう取りはからってくれている。

なお、「野宮左府記」が書かれた紙の端裏《はしうら》には「建保四年内裏御作文宮槐御記」という文字がみえる(「宮槐御記」は「野宮左府記」の別称)。別紙だけを巻いた状態を想像していただきたいが、この文字は元来、別紙の外題《げだい》として書かれていたものであり、この部分が本来は公清の日記とは別個に存在していた文書であることを示している。「朝尹記」のほうは端が切られているためよくわからないが、やはり端裏に文字の残画がみえ、同様の状況が想定される。この例では、その時々の事情により意図的に日記と文書を結合させているといえよう。

㋓の詩懐紙は、三月二十二日の作文会当日に実時が提出したものの控えで、縦の寸法が日記の料紙より大きいため、わざわざ紙の上部をおりたたんで貼り継いでいる。当時の政界の長老で故実に詳しい洞院公賢《とういんきんかた》の日記『園太暦《えんたいりゃく》』によれば、公清は二十日に公賢のもとへ書状を送り、実時の詩懐紙について紙の寸法や詩の書き方などの体裁をたずねるとともに、詩の添削をしてもらっていることが判明する。懐紙に載せた漢詩も実は公清が代作したものであり、作文会当日には懐紙二通を清書して一通を実時に渡し、控えを念のために供の者にもたせていた。現代の目からみれば過保護と思えるほど、嫡男の晴れ舞台に意気込んでいるようすがうかがえよう。

㋔の指図はこの詩会の場所を記録した図面であり、㋕の交名は詩会参加者の名簿である。公清はこれらの別紙を詩懐紙そのものにそえて日記に貼り継ぐことにより、やがてやってくるであろう、実時のつぎの代の者が同じように晴れ舞台にでる日の参考となるよう、実例を詳しくまとめているのである。

以上のように、日記にさまざまな関連文書を貼り継ぎ、より総合的かつ具体的な記録を作成しようとすることもしばしば行われており、日記を充実した内容にしようと努力する記主の熱意が感じられる。

②——日記にみえる世界

個人的な視点と感情の吐露

つぎに、日記にみえる世界の特徴について紹介してみよう。

まず第一には、当事者の個人的な視点で記述されていることである。さきに示した『徳大寺公清公記《とくだいじきんきよこうき》』の、徳大寺実時《さねとき》が作文会《さくもんえ》にはじめて参加する件では、父親の公清は作文会翌日の日記のなかに、実時が周囲の人びとから「幼敏《ようびん》の至り」であると賞賛されたと書きつけており、親としての素直な喜びがみてとれる。もちろん、歴史的事実として実時が本当に賞賛されたのかということは、他の史料を探すなどして慎重に検討しなければならないのであるが、このように記主の個人的立場や評価がうかがえるところにこそ日記の面白さがある。

時代を超えていえることであるが、日記を読んでいると、人事をはじめとする人間関係についてのさまざまな感情の吐露がもっとも面白く、そこには喜びや怒りの爆発もみられる。

平安時代の例では、藤原実資《ふじわらのさねすけ》の日記『小右記《しょうゆうき》』の長徳《ちょうとく》三(九九七)年七月五日

●藤原氏略系図

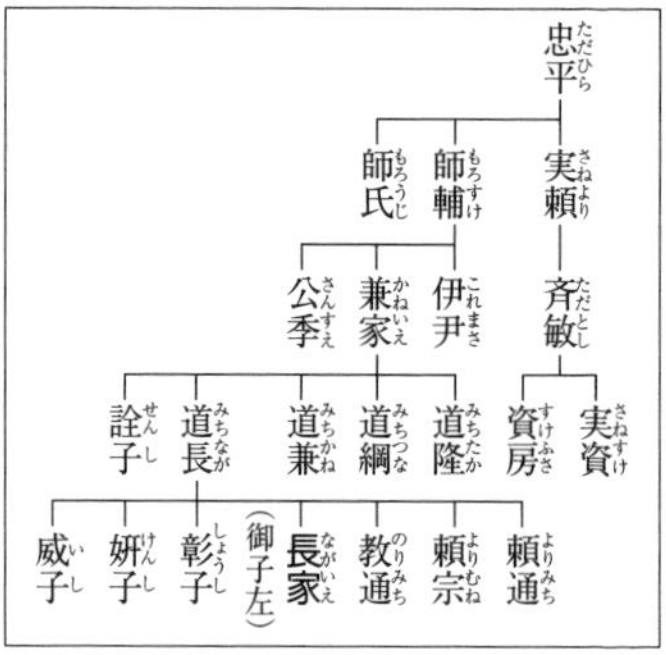

条に、藤原道綱《みちつな》のことを「僅かに名字を書き、一、二を知らざる者なり」と評している記事がみえる。普段から実資は時の権力者である藤原道長《みちなが》へ対抗心をいだいていたが、この日、道長の兄にあたる道綱に大納言《だいなごん》昇進で先を越されてしまい、怒りのあまりに「道綱は自分の名前を書くのがやっとで、なにも物事を理解していないほどの愚か者だ」と悪口を日記に書きつけたのである。

実資は二年前の九九五(長徳元)年八月に参議《さんぎ》から権中納言《ごんちゅうなごん》に昇進していたが、道綱は昨年四月にやはり参議から中納言になったばかりであった。実資の考えでは、道綱が自分よりさきに大納言に昇進できた原因は、道綱が右近衛大《うこのえのたい》将《しょう》を兼任していることと、当時の一条《いちじょう》天皇の母親である藤原詮子《せんし》や権力者道長と道綱は兄弟であることにあった。実資は道綱昇進の噂を前もって伝え聞き、聖代《せいだい》と認識されていた醍醐《だいご》・村上《むらかみ》両天皇の時代(八九七〜九六七)には、近衛大将であっても中納言の序列を超える人事はなかったことを実例を示しつつ天皇に奏上《そうじょう》し、天皇も道綱の昇進は考えていないらしい、という感触をえていた。しかし、道長も九六七(康保《こうほ》四)年に藤原伊尹《これまさ》がさきに中納言となっていた藤原師氏《もろうじ》を超越して権《ごん》大納言に昇進した実例をあげ、村上天皇の時代にも序列を超えることがあったと一条天皇に対抗して奏上していたらしい。実資は「たいへん驚いた。村上天皇はその康保四年の五月に亡くなり、その年十二月に伊尹は権大納言に任じられた。年号はたしかに村上天皇の時代の年号であるが、この人事自体は冷泉《れいぜい》天皇の時代の人事である」と道長の強引さに怒り、天皇の近臣《きんしん》(道長)と母親(詮子)がもっぱら権勢をふるっている現状では自分のような「無縁の身」はどうしようもないとなげいている。

右のような記述に続いてさきの道綱評が書かれている。道綱の母は『蜻蛉《かげろう》日記』の作者として有名な才女であり、客観的にはここまで極端な評価はどうかと思われるが、道綱に対する過激な記述には逆に実資のおかれた立場の弱さやあせりが感じられるのである。

家格や家柄が確立しつつあった院政期《いんせいき》以降になると、さらにこのような事例がふえてくる。勅撰集《ちょくせんしゅう》の撰者になるなど鎌倉時代の歌壇を代表する歌人であり、同時に古典学者としても大きな業績を残した中世日本を代表する文化人、藤原定家《さだいえ》《ていか》の日記『明月記《めいげつき》』をみてみよう。

定家は文化人である一方、院や朝廷、摂関家《せっかんけ》に出仕する官人でもあり、一般的な貴族たちと同じく政務をこなしていた。日記のなかでは昇進人事をめぐるむきだしの期待と不満をしばしば述べており、そうすることで自分の精神の安定をはかっていたのではないかとさえ思えるほどである。

『明月記』正治《しょうじ》元（一一九九）年七月十二日条には前夜の夢が記されている。その夢は「今の左近衛権少将をやめて内蔵頭《くらのかみ》に遷り、さらに内蔵頭をやめるときには蔵人頭《くろうどのとう》▲になれるだろう」という内容で、「この夢、吉夢と言うべし。よってこれを注す」と述べている。この年定家は三八歳、少将《しょうしょう》になってからちょうど一〇年目であり、実際にそろそろ転任してもおかしくない。定家の当面の目標は中将に転じ、さらに蔵人頭になることであった。定家の父俊成《としなり》も蔵人頭としての活動が記録されている藤原資房《すけふさ》の日記『春記《しゅんき》』▲を書写しており、もしも定家が蔵人頭になったときに困らないように備えていた。

ところが、翌年に位階こそ従四位上から正四位下に一階上がったが、官はそのままとめおかれる。建仁《けんにん》元（一二〇一）年十二月八日条には、二十二日に京官《きょうかん》除目《じもく》▲が挙行されることを聞いて、「ああ悲しい、もしも今度また転任できなければ、さらに恥をさらすことになる。いまさら転任が許されても、ここまでと

▼**蔵人頭**　蔵人頭の定員は二人で、一人は弁官がなり（頭弁《とうべん》）、もう一人は中将がなる（頭中将）。天皇・院や摂関のあいだを行き来しつつ政務全般を指揮する要職であった。

▼**『春記』**　記名は記主資房が春宮権大夫であったことに由来する。

▼**京官除目**　おもな除目（任官の儀式）には、毎年正月・二月ごろに行われる県召《あがためし》除目（地方官への任官が中心）と、十月から十二月ごろに行われる京官除目があり、ほかに臨時の任官も行われた。

めおかれた私は素直に喜べないが、まして許されなければ……」と前途を悲観し、「自分のような望みのない者が人前にでても恥を増すだけで、いっそ出仕をやめようかと思うが、息子為家《ためいえ》（幼名「三名」）の将来を思うとそれもできない」となげいており、翌九日条にも「一日中自分の運に思いをめぐらし、涙があふれた」とみえる。

十一日には中将・蔵人頭になることを暗示する夢をみているが、十七日条にも「自分は二十七日に拝賀《はいが》をするので、前例どおり随身《ずいじん》五人を用意するよう命じた」という夢をみたことが記されている。拝賀とは新しい官に任じられた者がお礼参りをすることであり、二十二日の除目で転任できることの前兆であろうと期待する一方、「内侍《ないし》（女官）が源兼定《みなもとのかねさだ》を招き寄せてひそひそ話をし、兼定が手をすりながら喜んでいたのは、今度の除目で昇進しそうなことを告げられたからであろうか」などと疑っており、神経質で不安定になっているようすがうかがえる。十九日条には「自分が中将になれないのは、実兄の中将成家《なりいえ》と兄弟がならぶのを許されないためと聞いている。そこで内蔵頭になりたいと申し入れた」とあり、正治元年七月にみたさきの吉夢にそって期待していた。

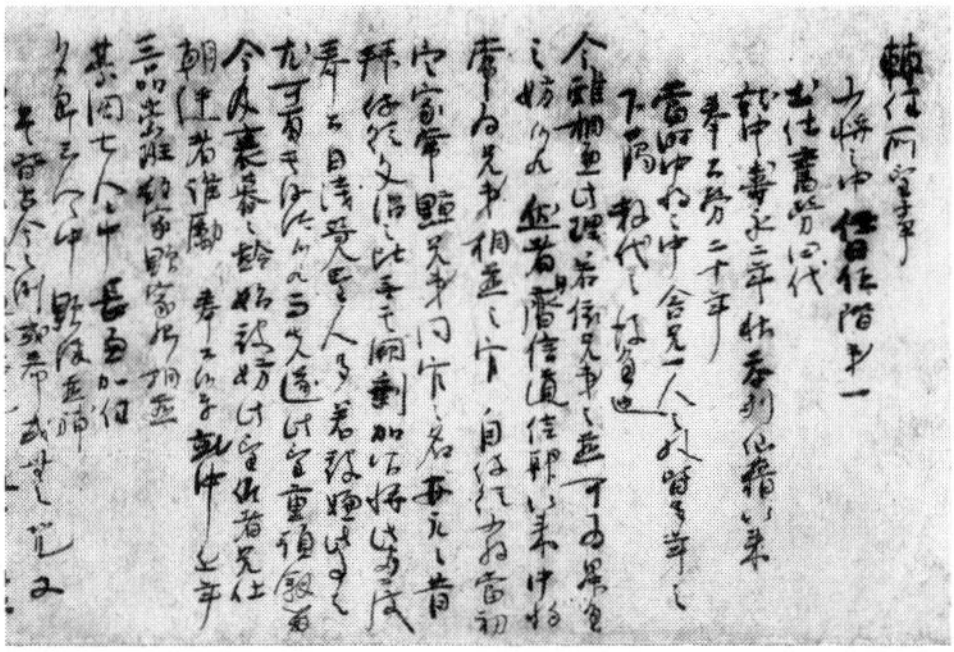

●藤原定家自筆申文

▼申文　叙位や任官を申請するために提出される文書。

結局、定家は二十二日の除目でも転任を許されなかった。残念ながら、この年十二月の『明月記』は十九日条までしか記事が残っておらず、除目の結果に対する定家の感慨を知ることはできないが、おそらくひどい憤慨と落胆ぶりであったと思われる。

翌一二〇二年には、七月二十三日に臨時の除目が行われているが、定家がこの日に備えて提出したと考えられる申文《もうしぶみ》▲が東京国立博物館に残されている（上掲図版参照）。

「転任所望事」という書出しで、自分が少将のなかで最長老であること、兄成家以外の現在の中将たちはみな後輩であること、兄弟が中将にならぶことは昔から先例があること、などをまず述べ、自分こそ転任を許されるべきであることを切々と訴えている。ここでも中将がだめなら内蔵頭や大蔵卿《おおくらきょう》などでもかまわない旨を示したが、定家はやはり転任できなかった。しかもこのとき、歌人としてライバル関係にあった藤原有家《ありいえ》が、よりによって後鳥羽院《ごとばいん》から和歌《わか》の賞を認められ、定家の望んでいた大蔵卿に任じられてしまう。除目の結果を聞いた二十四日条には、「有家の幸運をとやかくいえないが、他人の和歌の賞を

●御子左家略系図

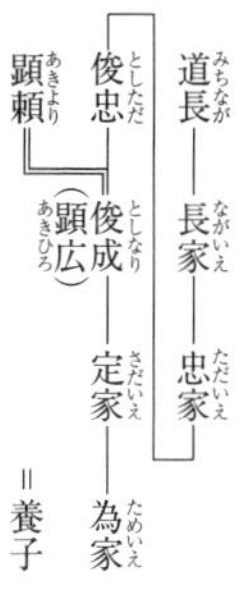

目の当りにして自分は一人恥をさらしている。生まれつきの運は仕方ないが、やはりわが和歌の道の名誉を考えると、慟哭《どうこく》してもあまりある」と書き、昨年同様「ただ息子為家のことだけを思って出仕する」と悲壮な決意を述べている。

結局、この年閏《うるう》十月二十四日の京官除目において念願の中将に昇進することができたが、ついに蔵人頭にはなれなかった。『明月記』建暦《けんりゃく》元（一二一一）年九月六日条には「ただ一日でも本望をとげて蔵人頭となり、すぐ翌日にそれをやめてもかまいません」からと、なりふりかまわず自分の希望を申し入れたことがみえるが、この夢を果たしたのは息子の為家であった。

定家は藤原道長の子長家《ながいえ》を祖とする御子左家《みこひだり》に生まれた。御子左家は代々大納言または中納言にまでのぼる家柄であったが、定家の父俊成は幼時に実父俊《とし》忠《ただ》と死別したこともあって官人としての昇進にはめぐまれず、勅撰集『千載和《せんざいわ》歌集《かしゅう》』の撰者となるなど歌壇においては重鎮であったが、ようやく老年になって三位《さんみ》にのぼり公卿《くぎょう》の仲間入りしたにすぎない。御子左家の家格がふたたび上昇するかどうかは、俊成の庇護《ひご》を受けつつ定家がどこまでいけるかにかかっていたといえる。昇進へのこだわりにはこのような背景もあったのである。

日記記事の第二の特徴は全般的になまなましい記述がみられることであり、これは自分で見たり聞いたりしたこと、あるいは直接体験したことを記録するためである。

なまなましい記述

たとえば『明月記』元久《げんきゅう》二(一二〇五)年五月四日条には、記主定家の南隣の家に強盗がはいった記事がみえる。定家が冷泉の家に帰り、入浴をすませて横になっていたところ、南隣の藤原忠綱《ただつな》の家から雷のような騒動の音が聞こえてきた。その音は「ただ杖のごときをもって板敷を突くか」というものであった。しばらくして静かになり、強盗は帰ったようであったが定家は一睡もできなかったと記している。定家が後に聞いたところでは、その日は忠綱もその父資綱《すけつな》も留守で従者《じゅしゃ》だけが留守番をしており、強盗の首謀者の主殿允《とのものじょう》某は六日夜につかまっている。

この例では記録者に被害はなかったが、それではすまない場合もあった。室《むろ》町《まち》時代後期の公卿、山科言国《やましなときくに》(一四五二〜一五〇三)の日記『言国卿記《ときくにきょうき》』明応《めいおう》三(一四九四)年七月二十八日条には、言国一家を襲った突然の悲劇がみえる。

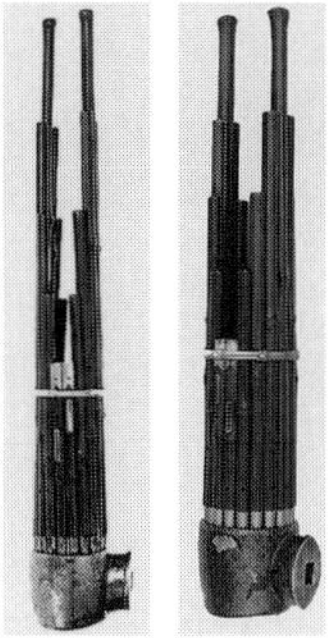

●──笙（「燕子」〈右〉と「萬具寿」）

●──琵琶法師（『慕帰《ぼき》絵詞』部分）

この日、言国は勝仁《かつひと》親王（のちの後柏原《ごかしわばら》天皇）の御所《ごしょ》で行われた毎月恒例の楽《がく》会《え》に参加し、笙《しょう》を演奏したのちに帰宅した。夕飯には琵琶法師《びわほうし》の積一検校《けんぎょう》とその弟子二人もやって来て、平曲《へいきょく》の演奏もあり、ここまではいつもと変わらない状況であった。ところが、続いて日記にはこう記されている。「夜半八時分、此亭へ面《おもて》向より盗人乱入、予は重代《じゅうだい》の器物鳳凰《ほうおう》・糸巻《いとまき》取り腰に差し、太刀をうち払い、女中共裏へ出おわんぬ。内蔵頭手向かい、四箇所手をこうむるなり」。すなわち、夜中の二時ごろ、言国の家の表から強盗が乱入し、言国は山科家に伝来する笙の名器「鳳凰」と「糸巻」をすぐさま腰に差し、強盗のふるう太刀をよけながら女性たちと裏へ逃げだした。しかし、嫡男の内蔵頭定言《さだとき》は抵抗したため四カ所の傷を受けたのである。山科家は笙と衣紋《えもん》を家職としており、そのため装束《しょうぞく》類と定言が日ごろ稽古に使っていた笙「難波丸《なにわまる》」を奪われた。たまたま来あわせていた積一検校と弟子たちも琵琶などを奪われている。

定言の傷は「左の腕、左腰に二箇所、腿の付きはら突かるるなり」とあるように、左腕と左腰二カ所の切り傷と大腿部の刺し傷で、医僧らに手当をさせたが手におえず、三十日の夜明けに定言は亡くなった。その日の日記には「愁傷是非に及ばず」「涙にむせび、よろず忘却しおわんぬ」と綴られている。翌八月三日には定言の葬儀が営まれたが、「いとど涙抑え難し。夢の如くに存ずばかりなり」と言国は書きつけており、頼みの息子を突然失った父親の悲しみがよく伝わって胸を打たれる。

摂関家《せっかんけ》の当主であった近衛《このえ》基平《もとひら》の日記『深心院関白記《しんじんいんかんぱくき》』にも愛する家族を失った悲しみがみえる。一二六六（文永《ぶんえい》三）年七月二十日、基平の女子が誕生した。母は源《みなもとの》通能女《みちよしのむすめ》であるが、出産は「平安極まりなきものなり」とあるよう無事に終った。ところが二十五日になって母親が発熱し、わずか二日後の二十七日には生まれたばかりの乳児を残して亡くなってしまった。

当時、基平は二一歳の若さで従一位左大臣であり、通能女とのあいだにはこれまでに二人の子どもが生まれていた。さきの定家などと比べるとずいぶん昇進が早いようにみえるが、摂関家の当主としては通常のコースであり、子どもがいるのも不自然ではない。基平にはほかにも妻がいたが、現存する日記をみるかぎりでは通能女がもっとも親密であったようである。二十七日の日記には、「女房早世す。およそ物騒きわまりなく、心神共に廃《すた》る。悲哀の至り、謝するところを知らざるものなり」とあり、翌二十八日条にも「世間無常、今更悲しむべし哀れむべし悲しむべし哀れむべし、万事ただ夢の如し、憐れむべし憐れむべし」となげき続けている。

しかしなんといっても基平は最上級貴族であり、いつまでも個人的感傷にひたってもいられなかった。妻の死から二日後の二十九日条の原本をみると、そのあたりの機微が感じとれる。まず「心中近日悲哀極まりなし」と悲しみを書きつけ、それに続けてはじめは「山林に入り余念なく彼の菩提《ぼだい》を訪うべきの由、志《こころざし》切なり」と書いた。ところが冷静に自分の立場を考えると、このようにすべてをすてて山林にはいり、ひたすら亡妻の菩提を弔うというわけにもいかない。そこで基平は「志」という文字の傍らに小さく「雖《いえども》」の一字をあとから書き加え(次ページ図版参照)、「山林に入り余念なく彼の菩提を訪うべきの由、志切なりといえども」と文章を改め、さらに「家のためになお抛《なげう》ちえず。不便《ふびん》不便、事と心と参差《しんし》、悲嘆に足らず悲嘆に足らず」と続けた。「参差」という言葉は「食い違う」「かみ合わない」などの意味であり、この原本の推敲《すいこう》の痕跡からは、愛する妻を失った青年基平の個人的悲しみと、政務を主導すべき摂関家の当主とし

●――原本にみえる推敲の跡（『深心院関白記』文永３〈1266〉年７月）

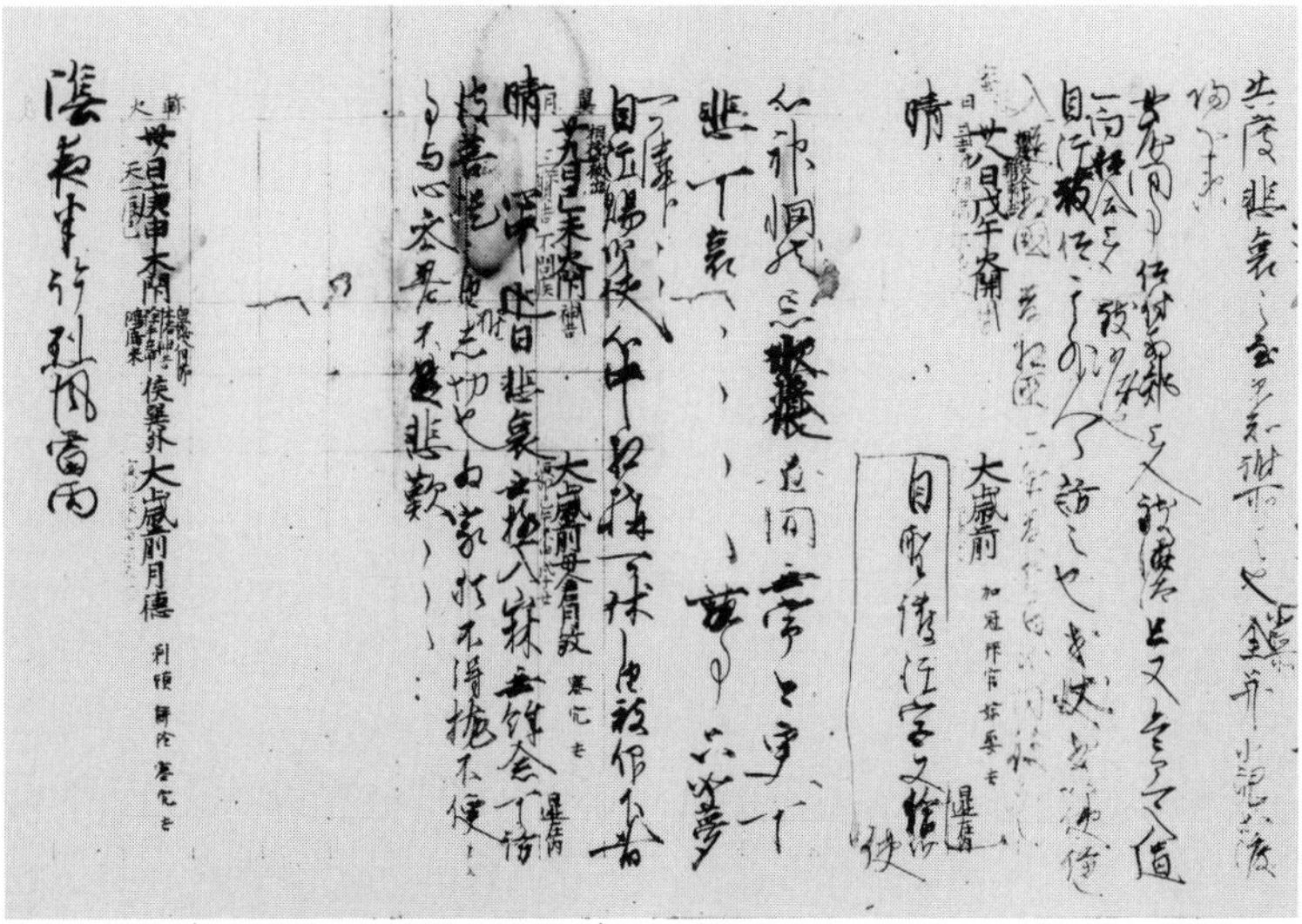

釈文

（二十九日条釈文）

『翼月』相撲抜出　廿九日、己未、火閉『神吉』　大歳前、母倉、月殺　塞穴吉　日遊在内
『三宝吉　不問疾』　『寅卯巳午未申戌子丑』

晴、心中近日悲哀無極、入山林無余念可訪彼菩提之由、雖志切也、為家猶不得抛、不便々々、事与心参差、不足悲嘆々々々々、

（晴れ。心中近日悲哀極まりなし。山林に入り余念なく彼〈二日前に亡くなった基平室のこと〉の菩提を訪うべきの由、志《こころざし》切なりといえども、家のためになお抛《なげう》ちえず。不便《ふびん》不便。事と心と参差《しんし》。悲嘆に足らず悲嘆に足らず。）

ての立場との相克《そうこく》に苦しめられている姿がみえてくる。中世の日記には原本の残るものも多いが、このように記主の推敲の跡からその感情のゆらぎまで読みとることも可能であり、まさに日記を読む醍醐味《だいごみ》の一つといえよう。

巷の話題

ほかには、実に些細《ささい》な記主周辺の巷《ちまた》の話題が書きとめられていることも日記の特徴の一つであり、それらの内容はしばしば日記にしか記録されていないものである。つぎに二、三の例をあげよう。

藤原実房《さねふさ》の日記『愚昧記《ぐまいき》』の仁安《にんあん》三(一一六八)年五月二十一日条には、異母兄の実綱《さねつな》と一緒に京中の七観音《しちかんのん》に参詣したことがみえる。記事によれば七観音は六角堂《ろっかくどう》・行願寺《ぎょうがんじ》・清水寺《きよみずでら》・六波羅蜜寺《ろくはらみつじ》・中山寺《なかやまでら》・河崎寺《かわさきでら》・長楽寺《ちょうらくじ》で、長楽寺の代わりに観音寺《かんのんじ》または得長寿院《とくちょうじゅいん》に参る人もいた。当時、貴賤が群れをなすにぎわいで、たいへん霊験《れいげん》あらたかであるとも記している。

その直後の二十七日条には、「帥君《そちのきみ》」と呼ばれる法師が姉の尼《あま》をつれて実房のところへやってきたことがみえる。この法師が大食いであるという評判であったため、実際どれぐらい食べるのか、目の前で食べさせてみようと呼び寄せたのであった。食事を振る舞ってみると、尼は一一杯酒を飲み、高さ九寸（約二七センチ）に盛った飯を平らげたが、まったく満腹の気配がなかった。法師のほうは飲酒一五杯で、飯は同様であった。実房の記すところでは、この二人は故権中納言大宰権帥《だざいのごんのそち》藤原忠基《ただもと》の子であるが、この一〇余年間は「乞食」であったという。「帥君」と呼ばれているのは、亡父の官職に由来するのであろう。

この忠基は、傍流ではあるが関白藤原師実《もろざね》の孫であり、家柄はけっして悪くない。しかし、忠基の弟頼輔《よりすけ》の子孫が和歌や蹴鞠《けまり》に優れた飛鳥井《あすかい》家として永く続くのに対し、なぜか忠基の子孫はしばらくして歴史上から姿を消してしまう。この一一六八年は忠基が亡くなった一一五六（保元《ほうげん》元）年から一二年後であり、おそらくその庶子たちは没後程なくこのような状態であったのであろう。実房はこの記事の最後に「悲しむべし悲しむべし」と感想を書き綴っている。

また、鎌倉後期の賀茂《かも》別雷社《わけいかずちしゃ》（上賀茂社）神主であった賀茂経久《つねひさ》の日記『乾元《けんげん》二年日記』の嘉元元（＝乾元二、一三〇三）年九月二十四日条には、「今日おかしき事侍る」として、行願《ぎょうがん》という名の不思議な僧がでてくる。

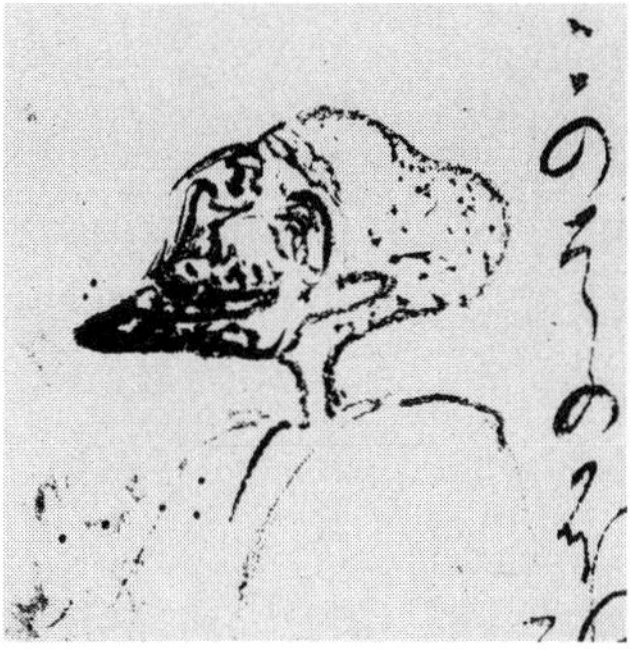

●—行願の似顔絵（『乾元二年日記』嘉元元年九月二十四日条）

経久の記事によれば、行願は経久の父氏久のときから賀茂社に出入りしており、以前は東福寺《とうふくじ》開祖の円爾《えんに》に行者《あんじゃ》（禅宗寺院内で雑用に従事する者）として仕えていた。一二八〇（弘安《こうあん》三）年に円爾が亡くなってからは「なにとなく流浪」しつつ、「常にこの辺に来ておかしき事ども申して心慰む」存在であった。ある日、行願は「茶碗焼く様存知して候。これを知らせ給候なば、御徳付き候はん事只今なり」（茶碗の焼き方を知っています。この方法で茶碗をおつくりになれば、今すぐお金持ちになります）と話をもちかけてきた。そこで行願のいうとおりに、わざわざ特別な土や多くの薪《まき》を用意して茶碗をつくらせたところ、ほとんどは窯《かま》のなかで割れてしまい、たまたま割れ残ったものもありふれた赤い土器で、茶碗ではなく鍋のようなものであった。行願はそれをもってきて、「貴き僧候はで焼き損じて候」（ありがたい僧がいなかったので焼き損ねてしまいました）と開き直ったという。経久は「案に違はぬおかしさ、後に忘れじとて書き付くる也」と、予想どおりに滑稽な失敗をしたことを書きとめ、最後に行願のなんともいえない似顔絵をそえている（上掲図版参照）。

これらは巷の雑事という程度の記事ではあるが、なかなか日のあたらない市《し》井《せい》の人びとをはからずも活写しており、ここから深く当時の社会状況を読みとることも可能である。なかには物騒な話題も書かれている。

『明月記』嘉禄《かろく》二(一二二六)年六月六日条には「侍従《じじゅう》源親行《ちかゆき》が出家したという」とあり、その理由として「父親の源雅行《まさゆき》卿に背いてひどいことがあったと聞く。ある人のいうことには、強盗として父の家にはいり、つかまえてみたら跡取り息子であったという。また、妹と密通したため父に背いたという説もある」と書かれている。

ここまでのような話はよくみえることであるが、二十三日になって凄惨《せいさん》な事件が起こった。その日の『明月記』には、「六条朱雀《すざく》に、男女二人の首を斬られた死体があるという。死体は侍従親行で、悪行により父雅行卿が切らせたものであるらしい」、「女のほうはその姉妹らしい」などとあり、同じ日の『民経記』にも親行が「女会《にょかい》」のため六条朱雀において命を落としたことが書かれている。「女会」とは姦通や近親相姦など不道徳とみなされる男女関係を意味しており、親行が自分の姉妹と密通したために両者の父親である雅行に殺害されたというのが真相であった。

『明月記』の翌二十四日条にはさらに詳しく記されており、定家の好奇心が感じられる。それによれば女は基忠《もとただ》卿の妻であったが、先年兄弟の親行に従い夫のもとから逃げだしていた。その後、親行とともに出家して長楽寺にいたところ、やはり父の雅行が命じて搦《から》めだし、青侍《あおざむらい》に命じて家中で斬らせた。二人の死体はまだ明るいうちに路頭に放置されたため見物人が集まったが、みるにしのびなく樗《おうち》の枝をおって死体の女陰を覆ったという。定家はこの事件について、「たとえ悪逆の行いがあっても、官位のある殿上人《てんじょうびと》が武士の家でもないのに斬罪になるのはいかがなものか」と感想を記しており、「武士の家」に対する定家の見方がうかがえるところは日記ならではである。

日記に書きとめられた巷説《こうせつ》には説話集にもみえるものもあり、このような場合、説話の面白さが日記の簡単な記事を肉付けするとともに、日記の記事が説話の信憑性《しんぴょうせい》を高めることになる。

神祇伯《じんぎはく》であった顕広王《あきひろおう》(一〇九五〜一一八〇)の日記『顕広王記』の安元《あんげん》二(一一七六)年八月十五日条には、A「今日蓮花城《れんげじょう》聖人《しょうにん》身を桂河《かつらがわ》に没す。件《くだん》の事一人に限らず、すでに十六人と云々。辰《たつ》の時十一人、午《うま》の時五人」とみえ、「蓮花城」と呼ばれる聖人が桂川に身を投げ、あとを追って入水《じゅすい》したのは午前八時ごろに一一人、昼ごろに五人の計一六人であったとある。ところが原本の十五日条を子細にみると、これよりやや小さい文字でB「桂河入水の者十一人」ともあり、「今日八人」（翌十六日条）、「今五人、以上二十四人。古今いまだこの事を聞かず」（十七日条）という記事と一連になっている（次ページ図版参照）。同内容の記事Aでは一六人、記事Bでは二四人と入水者の人数が異なるが、これはいったいどういうことであろうか。すこし『顕広王記』の書かれ方をみてみよう。

同じ『顕広王記』の仁安二年三月中旬の部分には（五六ページ図版参照）、十五日条と十七日条にそれぞれ墨線で消された文字があり、よくみると両方とも抹《まっ》消《しょう》された部分には「権中納言成親《なりちか》卿薨《こうず》」と書かれている。この権中納言藤原成親は、平氏《へいし》政権打倒をめざして鹿ケ谷《ししがたに》で謀議《ぼうぎ》していたことが一一七七（治承《じしょう》元）年に発覚して平家に殺された人物であり、記事が抹消されたのは当然である。

一方、同時代の公卿、藤原忠親《ただちか》の日記『山槐記《さんかいき》』▲のこの年三月十三日条には「後白河院《ごしらかわいん》に従って熊野《くまの》に参詣していた成親が旅先で重病になり、万死《ばんし》に一生を得て今夜帰京した」という記事がみえる。つまり、成親はたしかにこの時期

▼『山槐記』　記名は忠親が邸宅にちなんで中山内大臣と称されたことと、大臣の唐名「槐門」に由来する。

●——錯綜する情報(『顕広王記』安元2〈1176〉年8月)

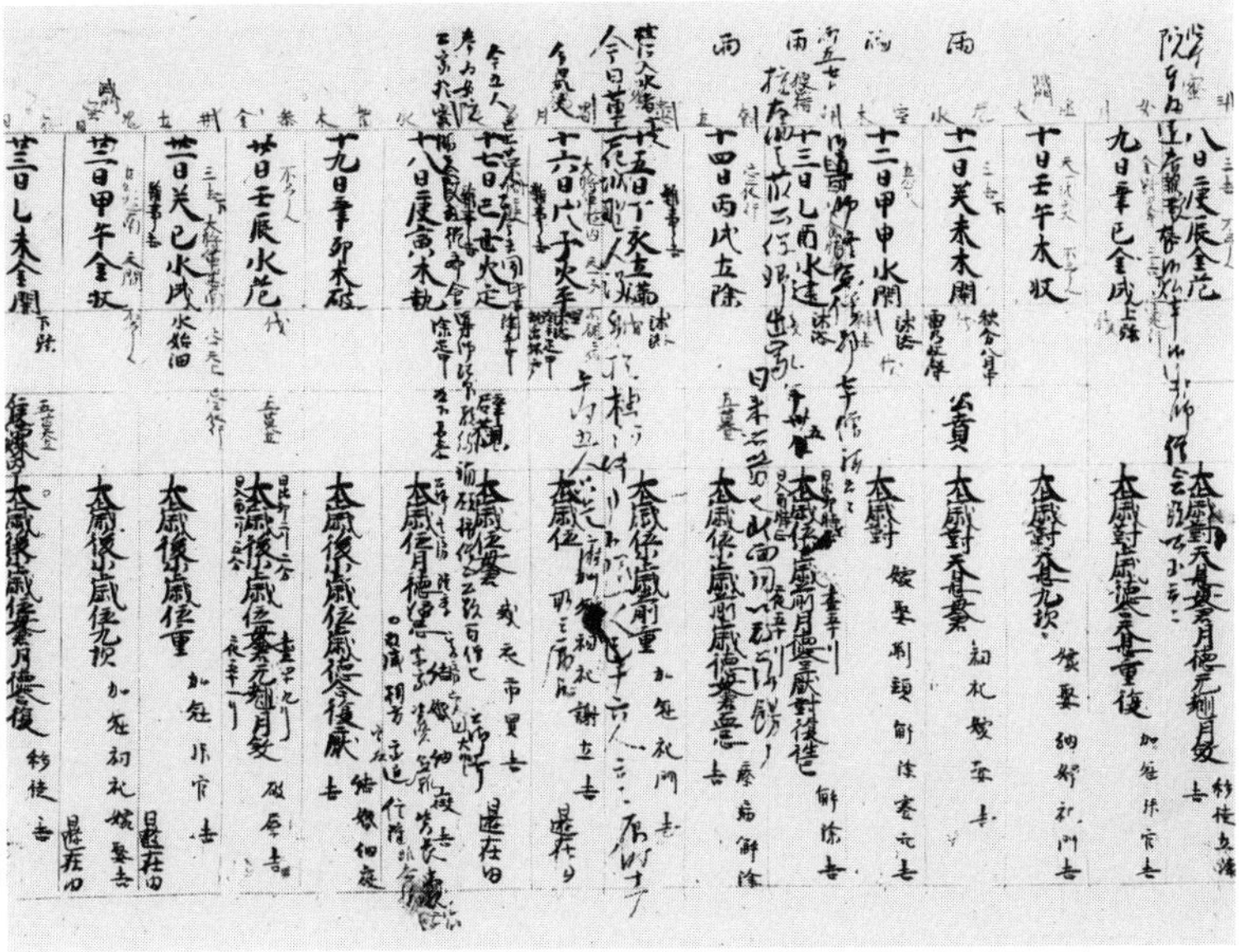

具注暦の「十五日」という文字の上に①「桂河入水者十一人」、「十六日」の上に②「今日八人」、「十七日」の上から右にかけて③「今五人、已上廿四人、古今未聞此事」(今五人、以上二十四人。古今いまだこの事を聞かず)と、一連の記事がみえる。

これらとは別に、やはり具注暦の「十五日」という文字の左上から翌十六日条右側中央にかけて④「今日蓮花城聖人没身於桂河、件事不限一人、已十六人云々、辰時十一人、午時五人」(今日蓮花城聖人身を桂河に没す。件《くだん》の事一人に限らず、すでに十六人と云々。辰の時十一人、午の時五人)という書き込みもみえる。

文字の大きさや位置から考えて、①②③と④は別のタイミングで書かれた記事であると判断できる。

●—リアルタイムな記述(『顕広王記』仁安2〈1167〉年3月)

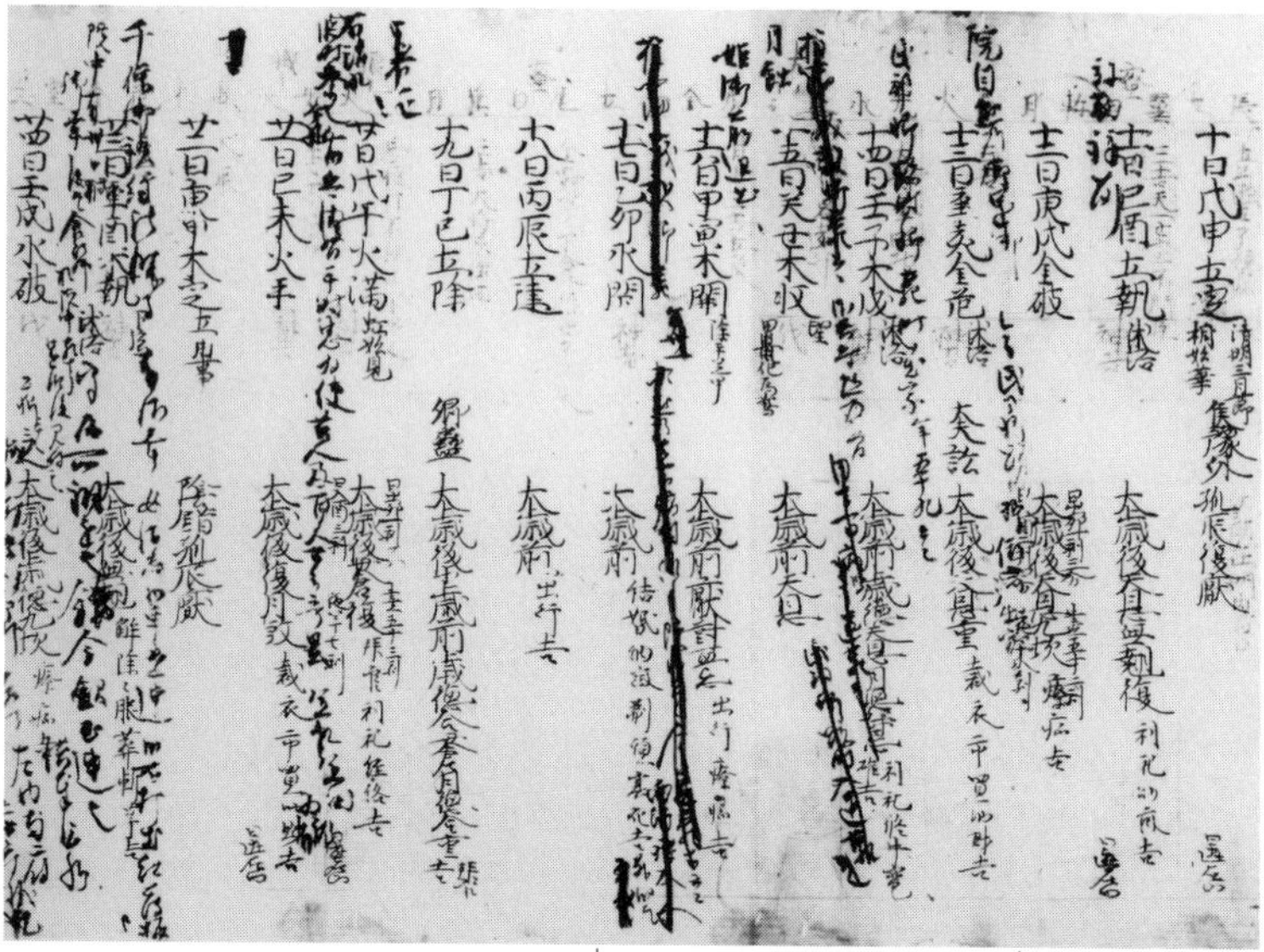

釈文

(釈文)

「十三日」の右、中程より「今日民部卿顕時卿依病出家云々」(今日民部卿顕時卿病により出家すと云々)とある。

「十四日」の右、上から「民部卿顕時卿薨、昨日出家年五十九云々」(民部卿顕時卿薨ず。昨日出家年五十九と云々)とある。

「十五日」の右、上から「~~権中納言成親卿薨云々~~、御共参熊乃之間、~~由去十田病悩、遂薨云々、民部卿顕時入道薨云々~~」と書き、文字を消している(「御共参熊乃之間」の部分は抹消もれ)。

「十七日」の右、上から「~~権中納言成親卿薨年卅一、於熊乃去十田病付給、院御共也、今田遂薨送云々~~」と書き、文字を消している。

重病になっており、おそらく顕広王は「成親がすでに死亡した」という早合点の情報を十五日あるいは十七日に聞きつけてすぐさま日記に書き、また日が違うと聞いてはじめの記事を消して書きつけ、さらに成親が回復したことを聞いてあとから書いたほうの記事も抹消したのであろう。消された十五日条の最後の部分は「民部卿顕時入道薨云々」という内容であるが、これも十四日条に「民部卿顕時《あきとき》卿薨、昨日出家、年五十九云々」とあるのが歴史的事実として正しく、民部卿藤原顕時の死没についても顕広王はやはりいったん誤った情報を聞いて日記に書きつけ、すぐに訂正しているのである。つまり、『顕広王記』の記事はあとから情報をみきわめたうえでまとめて書かれるものではなく、リアルタイムに事件を記録する書き方であったことがわかる。

するとさきの入水の記事が混乱しているのも、おそらく違うタイミングでそれぞれの情報を聞いて記入したことの現れと考えられ、逆にこの事件に関する情報の錯綜ぶりを示しているのであり、その史料的価値は高いといえよう。

後代に編纂された記録である『百錬抄《ひゃくれんしょう》』には、「上人十一人入水す。そのうち、蓮華《れんげ》浄上人《じょうしょうにん》と称する者発起たり」とあり、記事Bのほうが正確であるのかも

▼『発心集』　鎌倉時代初期成立の仏教説話集で、さまざまな出家遁世者の行状がみえる。

知れないが、いずれにせよ見聞した人びとからいろいろな情報が口伝えに拡がっていたのであろう。

一方、鴨長明《かものちょうめい》編の『発心集《ほっしんしゅう》』▲第三には「蓮花城入水の事」という説話がみえる。蓮花城という有名な聖《ひじり》がみずからの死期を覚り、登蓮《とうれん》法師という親しい僧が諫《いさ》めたにもかかわらず入水の準備を整え、ついに念仏《ねんぶつ》を高らかに唱えながら桂川に入水した。入水することを伝え聞いて人びとも集まり、この行為を尊び悲しんだ。入水後、登蓮は物《もの》の怪《け》にとりつかれたようになったため祈禱《きとう》したところ、蓮花城の霊があらわれ、不本意な死に方をしたとなげき、まさに入水しようとしたときになって後悔したが、見物人の前で取りやめることもできず、往生《おうじょう》のことを考えられなかったため、邪道《じゃどう》にはいってしまったと告げ、最後にあなたがとめてくれれば助かったのに、と恨《うら》み言《ごと》を登蓮に語ったという。

登蓮法師は歌人として有名であり、編者の長明とは和歌を介して交流があった。この説話に書かれた内容もおそらく直接登蓮から聞いたものであろうと思われるが、『顕広王記』の記事をぐっと面白くする説話であることはいうまでもない。たとえていえば、『顕広王記』はある事件を刻々と伝える新聞記事であり、それだけになまなましい内容であるとともにあとから内容を訂正する場合もある。それに対し、『発心集』の説話は無味乾燥な「事実そのもの」にある程度脚色を加えてふくらみをもたせる、週刊誌などの読物のような存在である。

日記の記事が形を変えて説話集にはいっている例や、説話と同じ内容そのものが日記に書かれている例はしばしばみられるが▲、この入水の話の例では、それぞれ異なる情報に基づくものが邂逅することで、豊かなイメージがふくらんでいるといえよう。

秘密の告白

最後に日記の内容の特徴を語るうえで落とせないことは、他人にあからさまには話しにくい秘密の告白である。これは古今東西に共通するものであり、日記を書くという営みにつきものであるともいえよう。立場上、あるいは自己規律によって、直接他者に公開することが憚《はばか》られる内容であればあるほど、一方では人に話してしまいたい衝動にかられることはよくある。このような場合、それを日記に書くことで内なる読者に「公開」し、自分を納得させることを中世

▼**説話と日記**　たとえば『台記《たいき》』の記事が『続古事談《ぞくこじだん》』にとられていたり、『玉葉《ぎょくよう》』や『明月記』にはそれ自体説話といえるような記事が多く書きとめられている。

の貴族たちも行っているのである。

日記を読んでいると、自分より上位者の行動に対する疑問や批判を書いて、その記事の最後に「言うなかれ言うなかれ」という言葉をつけている例がしばしばみえる。「(自分としてはあきれているが、なにも)言わない言わない」というような意味であるが、これなども記主の意識としては言葉にだしていえないことをあえて書いているのであり、秘密めいた書き方である。一例を示そう。

室町《むろまち》中期の公卿、中山定親《なかやまさだちか》(一四〇一〜五九)の日記『薩戒記《さっかいき》』▲の応永《おうえい》三十二(一四二五)年六月二十七日条にはつぎのような記事がみえる。

この日、六位《ろくい》蔵人の五辻重仲《いつつじしげなか》が定親のところへやってきて、密かに驚くべきことを語った。それは「近日主上《しゅじょう》(称光《しょうこう》天皇)と上皇《じょうこう》(後小松院《ごこまついん》、称光天皇の父)の御仲不快」という話で、その直接の原因は天皇が琵琶法師を宮中《きゅうちゅう》に呼んで『平家《へいけ》物語《ものがたり》』(平曲)を聴こうとしたところ、父の上皇が先例がないことを理由に許さなかったためであるという。

この年、称光天皇はすでに二五歳であり、個人的な楽しみをいまさら父親に指図されたくない気持ちはよく理解でき、このような原因で親子喧嘩が起こる

▼『薩戒記』記名は記主の名前「さだちか」の反切《はんせつ》に由来する。

●――後小松天皇画像

ことは現代でも多いであろう。しかし、その親子が上皇と天皇であれば周囲の貴族たちはたいへんである。

称光天皇はすぐに、「『平家物語』を宮中で聴くことは先例がないということはわかりました。しかし、いまは上皇の御所《ごしょ》でも先例のないことが多いでしょう」と反論し、その例として、第一に本来なら昇殿《しょうでん》できるはずもない召次《めしつぎ》▲の男が公卿や殿上人にまじって上皇の身近にいることをあげた。この召次の男は後《ご》小松《こまつ》上皇のお気に入りであったと思われるが、称光天皇は「皇位に継ぐべくお生まれになり、才能も比類なく素晴らしい上皇(お父さん)でもこのような(だらしない)ありさまなのだから、天皇とは名ばかりの愚かで才能ないこの私がどうしてこのことだけは先例の有無を守らなければならないのですか」と怒り、「もしも私の望みを許してくださらないのであれば、上皇御所のほうでも先例のないことをすべて停止されるべきである」と開き直った。

称光天皇は中納言万里小路時房《までのこうじときふさ》を呼んで以上の内容を後小松上皇へ伝えるよう話したのであるが、時房は自分が巻き込まれることを危惧《きぐ》したのであろう、「おっしゃることはもっともだと思います。ただし、今のお話を上皇へ伝える

▼召次　院庁《いんのちょう》などで雑事に従事する下級の官人。

使者の役はとても私にはできません。どうかほかの者におっしゃってください」と逃げた。

つぎに天皇は自分の母親である日野西資子《ひのにしすけこ》を呼び、「天皇の位にいても一事として思いどおりにならない。まったく在位にこだわりませんので、しかるべきようになさってください。私はもう退位します」という考えを上皇に伝えてもらおうとしたところ、資子はただ泣いてなにもいわずに退出してしまった。

時房・資子の二人とも使者とならなかったため、仕方なく天皇は手紙で思うところを上皇に伝えた、ということまでが重仲の密談であったが、最後に定親は「恐るべし恐るべし、言うなかれ言うなかれ」と感想を書きそえている。結局、この件は室町幕府将軍足利義持《あしかがよしもち》が両者のあいだにはいって仲裁し、なんとか解決したのだが、おそらく定親は天皇と上皇の感情的な対決にうんざりしていたのであろうか、密かに聴いたこの騒動の内情を冷ややかに記録している。

この事件は貴族たちのあいだで噂が広まり、ある程度は周知の事実となっていたが、定親は直接天皇の身近にいる蔵人から情報を密かにえており、内情をもっともよく伝えている。天皇の怒りの言葉や、使者とならなかった二人の反

▼『台記』　記名は頼長が左大臣であったため、大臣の唐名「三台《さんだい》」「台位《だいい》」に由来する。

●藤原頼長画像

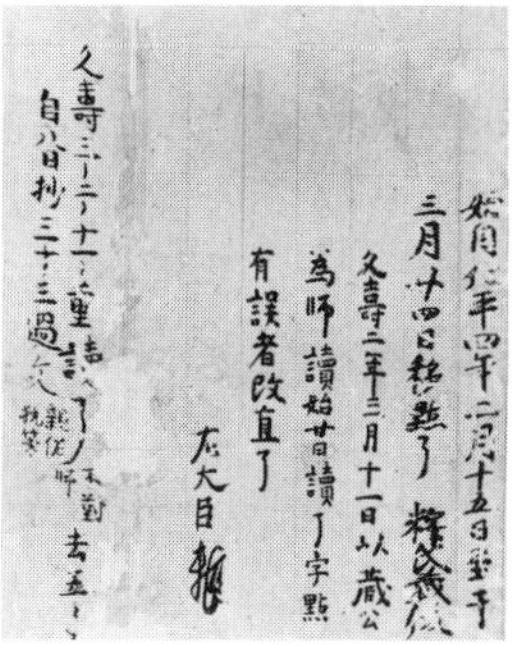

●藤原頼長筆『因明論疏』

応などはまさに秘密の内容であったといえよう。

多様な中世の日記のなかには、あからさまに秘密を書いているものもあり、その代表的なものは藤原頼長《よりなが》（一一二〇〜五六）の日記『台記《たいき》』▲である。頼長は左大臣にまでいたるが、保元《ほうげん》の乱《らん》で崇徳《すとく》上皇側について兄の藤原忠通《ただみち》と争い命を落とす。当代有数の学者でもあり、きわめて優秀ではあるが、それゆえの冷徹さも感じられる人物であった。その優雅さとは程遠い筆跡からも、独自の道をいく剛直さが感じられる（上掲図版参照）。

『台記』久安《きゅうあん》元（一一四五）年十二月十七日条には、太政官《だいじょうかん》の召使《めしつかい》であった国貞《くにさだ》という人物を殺した検非違使庁《けびいしちょう》の下部が何者かに殺された事件が書かれている。この国貞は太政官の政務に詳しい人物であり、去る十月に国貞が殺されたことを聞いた際に頼長はその死を惜しんでいた。

頼長は国貞の仇《かたき》が殺されたことを「天の差配であろうか。太政官にとってたいへん喜ばしいことだ」と評価しつつ、その犯人については「いまだ誰がやったのかはわからない。ある説では、やはり召使である国貞の子がやったという」と日記に書いたつぎに、小さい文字の注を加える形式で「実は私が左近府生《さこんのふしょう》秦公春《はたのきみはる》に命じて仇を殺させたのである。天にかわって討った」と秘密を告白し、これは周《しゅう》の武王《ぶおう》が悪王である殷《いん》の紂王《ちゅうおう》を滅ぼしたのと同じであるとしてその正当性を述べ、最後に「人あえてこれを知ることなし」と付け加えている。国貞を殺した犯人は十二月七日に非常赦《ひじょうしゃ》によって放免されていたが、それが頼長には我慢ならなかったのであろう。それにしても、平然と「犯人は誰かわからない」と書いておきながら、その直後に「実は自分がやらせた。誰も知らない」と書き加える姿を想像すると恐ろしいものを感じる。

また、頼長は日記のなかに多くの相手との男色《だんしょく》関係を赤裸々に書いているが、この点も『台記』独特の秘密の告白である。たとえば、康治《こうじ》元（一一四二）年十一月二十三日条には「次いで新院に参る。見参の後、或る人〈かの三位衛府《さんみえふ》〉と謁し本意を遂ぐ。喜ぶべし喜ぶべし。為すところを知らず。更闌《こうらん》帰宅し、或る四品羽林《しほんうりん》と会交す」とあり、この日は「三位衛府」「四品羽林」の二人▲と関係をもっていることが明記されている。

頼長の命を承けて殺人を行った秦公春も男色関係がある人物であった。『台記』久安三（一一四七）年七月二十日条には、去る四月七日よりこの日まで白三日

▼「三位衛府」「四品羽林」　「三位衛府」は藤原忠雅《ただまさ》、「四品羽林」は藤原為通《ためみち》かと考えられている。

間、千手陀羅尼《せんじゅだらに》を五千遍、礼拝を三千三百三十遍こなし、魚を食べず、男女とも性交せず精進につとめたことがみえ、これは「八三の除病延命を祈る」ためであると書いている。この「八三」とは「公春」という文字の一部の画を抜き書きした一種の暗号であり、この公春への思い入れは尋常ではない。さきの男色関係を結ぶ記事でもそうであるが、このようにあえて人名を明記しない表現のなかには、秘密の告白という頼長の意識が感じられる。

鎌倉後期の花園《はなぞの》天皇（一二九七〜一三四八）は正中《しょうちゅう》元（一三二四）年二月十三日にこの『台記』を読みおえ、日記『花園天皇宸記《しんき》』のその日の条に感想を書いている。そこでは公春に国貞の仇を討たせたことを頼長が天にかわってやったと書いていることや、仁平《にんぴょう》三（一一五三）年に祈りむなしく公春が死去したのち、頼長がもう仏法を信じないと書いていることについて、ともに誤認も甚だしいと厳しく批判している。おそらく頼長自身もこれらの行為には心中どこかうしろめたいところがあったため、秘密めいた書き方になっているのであろう。

③――日記を書くことの意味

官人にとっての日記

中世の貴族たちは、これまでみてきたような日記をなぜ書いてきたのであろうか。つぎにその目的について考えてみたい。

摂関家《せっかんけ》の祖で、朝廷の儀式作法に精通していた藤原師輔《ふじわらのもろすけ》（九〇八〜九六〇）の遺訓《いくん》『九条殿遺誡《くじょうどのゆいかい》』には、師輔が考えるところの、当時の貴族が守るべき行動規範がいろいろと懇切に書かれており、人びとの意識や生活を知るうえでたいへん面白い史料である。そこでは、毎朝起きると「暦《れき》」をみて毎日の吉凶《きっきょう》や年中行事《じゅうぎょうじ》を知るとともに、その「暦」に前日の公事《くじ》や個人的に重要な内容を備忘《びぼう》のために書き留めることが求められている。また、とくに重要な内容は「暦」とは別に記録してのちの参照に備えよ、とも記されている。

このように、朝廷に出仕する官人《かんじん》たちにとって日記を書くことは、単に個人的嗜好《しこう》に基づく行為ではなく、毎日の政務や儀式をとどこおりなく執行していくために必要な作業とされていた。そのため、成長して朝廷に出仕し始めるころには日記を書けるように学習しておく必要があった。

院政《いんせい》期の摂政《せっしょう》関白《かんぱく》藤原忠実《ただざね》（一〇七八〜一一六二）の談話を筆録した『中外抄《ちゅうがいしょう》』という書物の下巻第二話には、学問の方法として、まず紙を三〇枚貼り継いで巻物《まきもの》をつくり、学者についてもらいながら、「ただいま馳せ参る」「今日天晴れ。召しにより参内す」などと書く練習をすべきであると、当代の大学者大江匡房《おおえのまさふさ》が語っていたことがみえる。この「今日天晴れ。召しにより参内す」という文言はまさに日記に頻出する基本的な表現であり、学問をするなかで、まず日記を書くための初歩的な知識を身につける訓練をしていたことがわかる。匡房がいうことには、このような練習帳を二巻も書けば立派な学者になることができ、四、五巻にもおよべば申し分ないとしている。さきの『九条殿遺誡』と同じく、いかに日記を書くことが当時の貴族にとって官人生活の前提になっていたかがうかがえよう。

日記の存在が重要な意味をもつ九世紀末以降は、古代から中世へと社会が転換し始める時代でもあり、それまでの体制や政務は形骸化・儀礼化するとともに、他方では新しいものが絶えず生まれつつあった。院政期にはいるとさらに多種多様な日記が残されているが、時代の転換期においてもなにかにつけ保守的な貴族たちの日記には「新儀《しんぎ》」という言葉がしばしばみえる。この言葉は多くの場合、よい意味で用いられることはなく、本来あるべき姿がくずれて新しい作法が生まれてきた、といった評価がこめられているものであるが、否応なしに貴族たちは新しい作法を模索し、順応せざるをえなかったのである。

また、この転換期は官撰の「国史」や「格《きゃく》」(単行法令集)・「式《しき》」(施行細則)・「儀式」などのあらたな編纂が行われなくなる時期でもあり、▲それらの材料となるべき、各官司で作成されることになっていた記録類、具体的には『殿上《てんじょう》日記』『内記《ないき》日記』『外記《げき》日記』などの公務記録や「長案《ちょうあん》」と呼ばれた個別法令集などもきちんとつくられなくなっていった。このことはすなわち、政務の方法が新しいものにかわりつつあるにもかかわらず、その時代の記録や新しい法令集・規範集といった、まさに必要とされる情報が公的機関から提供されなくなったことを意味する。

公的な機関が公式記録や法規・マニュアルを更新してくれなくなった以上、貴族たちは自分の子孫のために、みずから経験・体得した作法や、先祖・親族

▼官撰事業の衰退　官撰国史・格・式・儀式の最後はそれぞれ『日本三代実録《にほんさんだいじつろく》』『延喜《えんぎ》格』『延喜式』『延喜儀式』であり、醍醐《だいご》天皇の延喜年間(九〇一〜九二三)ごろに編纂事業が行われたものである。『延喜式』の修訂や『日本三代実録』のつぎの『新国史』の編纂は十世紀中ごろまで行われたが、『新国史』は未完のまま終わった。

から伝承した故実の整理と次世代への継承に励むことが必要になった。独自のマニュアルを用意していなければ、朝廷に仕える官人として、儀礼化の甚だしい政務を完璧にこなすことができないようになっていたわけである。

このように、貴族社会においては故実《こじつ》作法を伝えるために、「口伝《くでん》」「教命《きょうめい》」などと呼ばれる父から子への直接の教導が日常的に行われるとともに、日記や次《し》第《だい》▲、儀式書・故実書などの作成と収集が行われており、さきに示した半ば強制的に日記をつける必然性もここにあったといえる。

たとえば、中世を代表する歌人・古典学者として名高い藤原定家《さだいえ》《ていか》の場合、歌集や歌論、物語など多くの文学作品を書写して子孫に伝えているが、その一方では、やはり膨大な日記『明月記《めいげつき》』を書くとともに、最晩年になっても他家の日記をみずから書写して残している。また、のちにふれる藤原経光《つねみつ》のように朝廷の文書行政をつかさどる弁官となる家の者の場合は、日記のみならず法典や文書を家として集積し、多様な政務に素早く対応できることをめざしていた。

さらに、院政期ごろからは貴族社会のなかで徐々に家格らしきものが形成されはじめ、それにともなって家ごとの独自の職能である家職もある程度決まる

▼**次第**　「ついで何々、ついで何々」というように、政務や儀式の進行を順序立てて列挙したもので、個別の儀礼の進行表というべき内容である。

ようになった。つまり、父祖が経験してきた官職に子孫も就くことが普通になり、それぞれの家が独自の方面で活動することになっていく。そのため、父祖が職務上体得してきた政務の作法や故実がそれぞれの家ごとに重視されることとなり、「家記《かき》」(家の記録)と総称されるような、その家にふさわしい内容の日記群が家の記録として蓄積されていくようになる。

先祖や親族の日記を参考にして職務に臨み、時にはそれを引用しつつ自分自身の日記を書き、それら複数の日記を整理・保存して子孫に伝え、さらには同じような家格・家職である他家の日記、いわば同業他社の手法の入手につとめるようになる。そして、日記は相続の際の処分状(遺言状)において所領や邸宅などの財産とならんで特記されるものとなり、次の世代へと「家記」が連続して継承されるようになっていった。実際に日記を読んでいると、しばしば先祖などの日記を引用して、「何年の誰々の日記にこのように書いてあるのに従った」とか、「(他家の)誰々の何年の日記にはこのようにみえるが、父(または先祖や親族)の何年の日記にある作法とは違うので採用しなかった」などという記述がしばしばみえるのである。

●──藤原家実の花押(『花押かがみ』二)

▼個人情報の注記　『台記』において、頼長は毎年の日記の冒頭に自分の年齢を書いている。

ところで、中世の日記をみていて感じることであるが、鎌倉時代以降の日記では、記主《きしゅ》が自分の名前を具注暦《ぐちゅうれき》などの日記帳の表紙や冒頭、あるいは末尾に明記しているものが急に多くなる。原本で記名が確認できる日記の早い例は藤原家実《いえざね》の日記『猪隈関白記《いのくまかんぱくき》』(十二世紀末)であり、たとえばその建久《けんきゅう》九(一一九八)年記では、表紙に「従二位《じゅにい》行権中《ぎょうごんちゅう》納言兼《なごんけん》右近衛《うこのえ》権中将《ごんのちゅうじょう》藤原朝臣《あそん》」という、その年の自分の官位と花押《かおう》(サイン、上掲図版参照)を明記するとともに、表紙と具注暦の第一紙との紙継目《かみつぎめ》に「年二十」と自分の年齢を書き加えている。建仁《けんにん》二(一二〇二)年夏記では、同様に表紙と具注暦との紙継目に「右大臣正二位《うだいじんしょうにい》兼行左近衛大将藤原朝臣」と書いてやはり花押を書き加えている。写本でのみ伝わるものについても調べてみると、日記に記主が自分の個人情報を注記することは藤原頼長《よりなが》の『台記《たいき》』(十二世紀中ごろ)あたりから確認できるようである。▲

このように日記の表紙や冒頭などにその年の自分の肩書(位階・官職)や花押・年齢を書くのは鎌倉以降の日記に幅広くみえる様式であり、たとえばさきの『猪隈関白記』を書いた家実の子孫である近衛《このえ》家では、この記名法が子孫の日記に永く継承されている(次ページ図版参照)。もちろん、日記はあくまで個人

●――日記への記名1（『後深心院関白記』延文元〈＝文和五，1356〉年春夏記巻頭）
表紙と具注暦第一紙との紙継目に「従一位行右大臣藤原朝臣（花押）年廿五」とあり，記主近衛道嗣の名前と年齢が記されている。

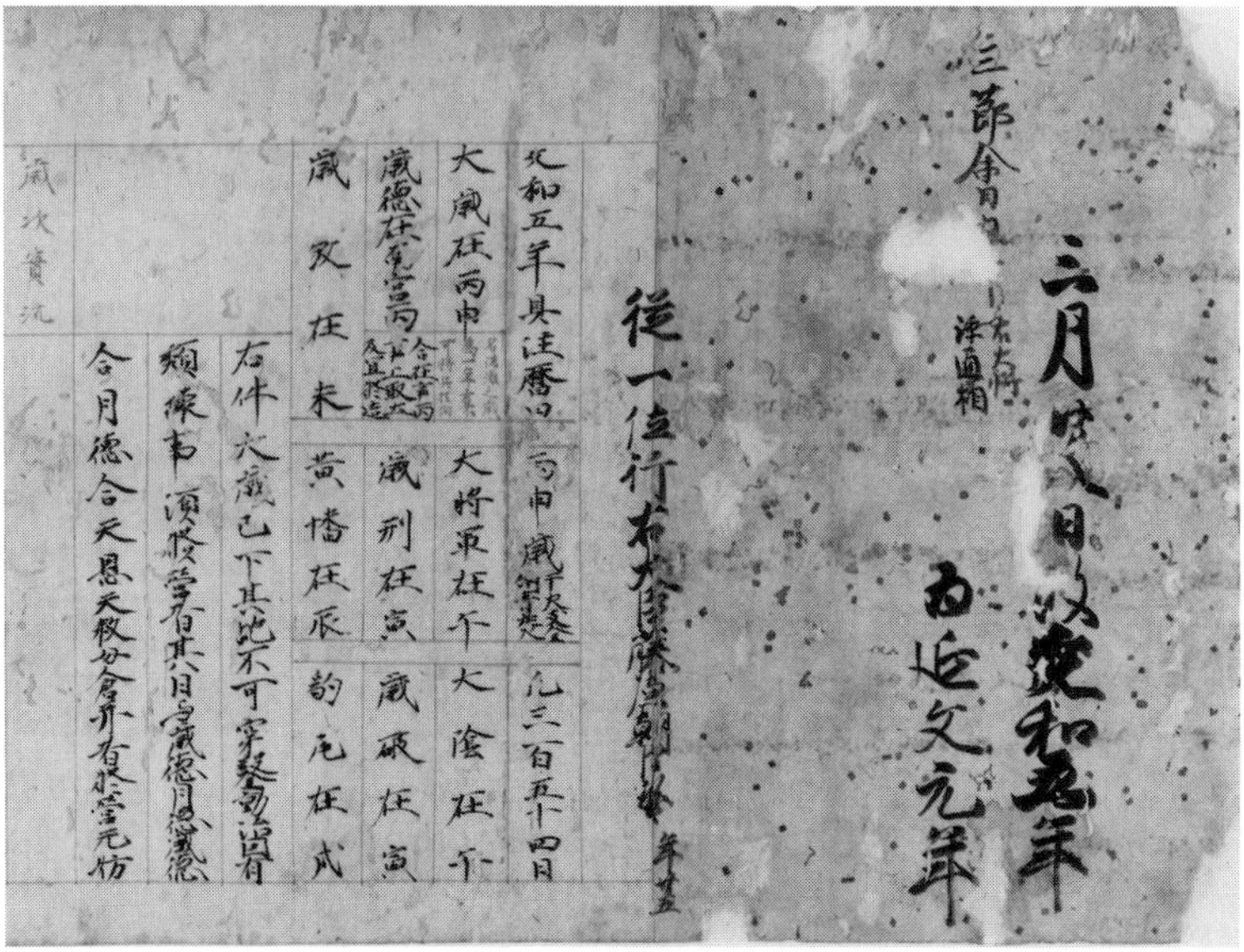

●――日記への記名2（『後法成寺関白記』永正3〈1506〉年記巻頭）　日記帳の冒頭に「従一位（花押）」とあり，記主近衛尚通の名前が記されている。

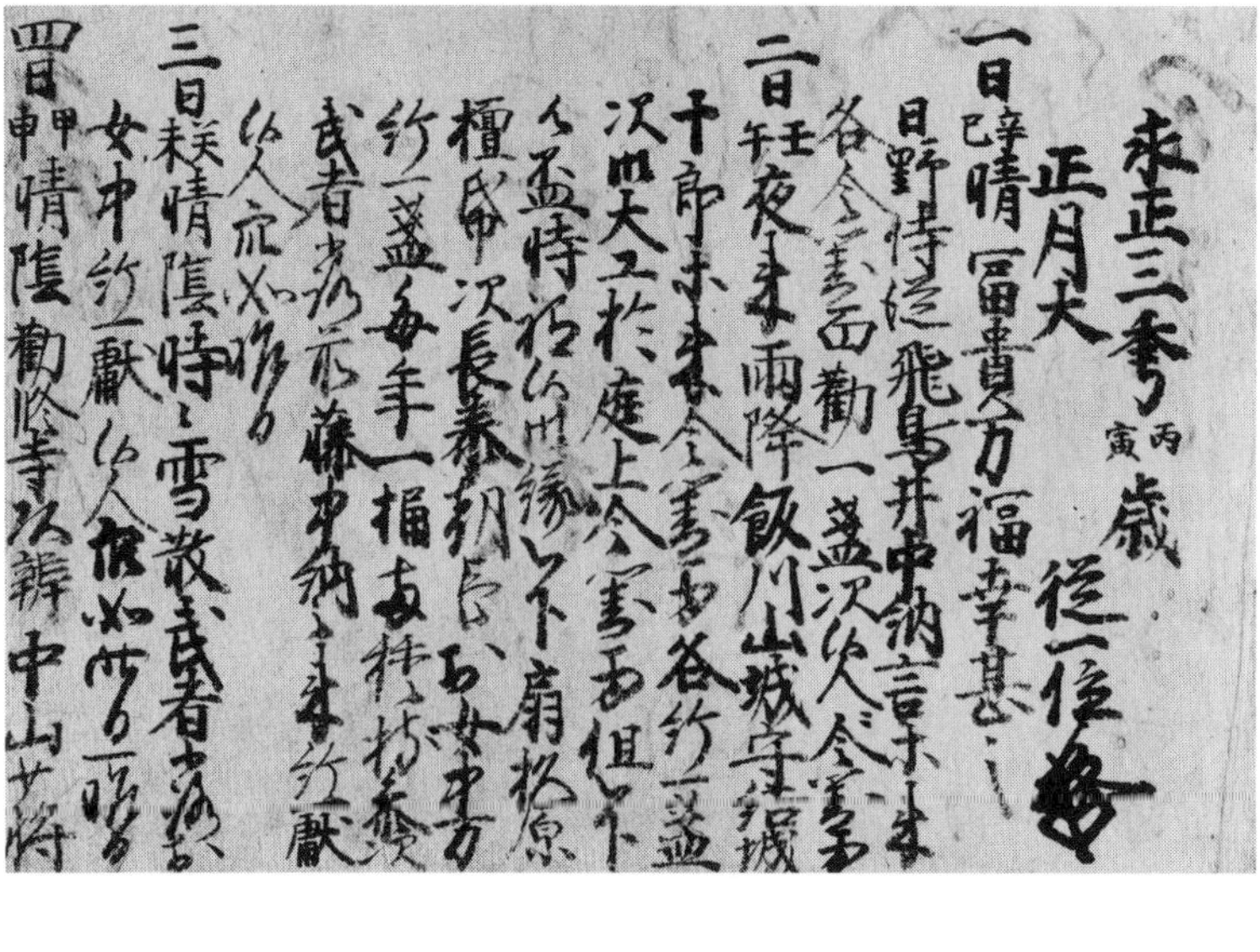

的な記録であり、名前を書く書かないにはそれぞれの記主の個性もある程度反映されているであろうが、中世以降から全般的に日記への記名が著しく増加していることはなにを意味しているのであろうか。

現存する古代・中世の日記について、記主が自分の日記をどのように呼んでいたかについて調査した松薗斉によれば、はじめ貴族たちは自分の日記を「私《し》記《き》」と称していたが、やはり『台記』からは「愚記《ぐき》」と謙称するようになり、以後のほとんどはこれに続いている。この変化の背景には、院政期ごろには「公的な記録」が作成されなくなったため、必然的にそれに対応する「私的な記録」という概念が変化してしまったことが指摘されている。

「公的な記録」にかわって家ごとに個人の日記が蓄積され参照されるようになるということは、具体的には先祖など多くの個人の日記を継承・維持するとともに自分の日記もそれに加えて子孫に伝えていくことである。このような状況においては、本来は個人的な記録である日記が一代かぎりのものではなくなり、しかも何種類もの日記が複合的にある家の記録を形成している。日記に記主の名前などの個人情報を書くことは、それが誰のものであるのかを示すために必要であり、その当時の官職や年齢が明記されていれば、家格の固定化によって同じような官歴をたどるようになった子孫も参照しやすいのである。

名前が書かれるようになった日記帳は一見個人的な色彩が強まったかのようであるが、逆に家の記録として永く共有されるようになったことの現れと考えるべきであろう。

清書された「家記」

家格の確立と維持のために、分家や断絶などの理由で日記の蓄積がない家の貴族たちは、とりわけ熱心にみずから「家記」を作成するとともに、先人の記録を蒐集する必要があった。他人からある日記を借りて書写し、写本をたくわえていくことは盛んに行われているが、自分自身の日記を家の記録として子孫に残すために努力している具体的な例をみてみよう。

藤原定家の日記『明月記』は、定家の子孫である冷泉《れいぜい》家に伝来した五十数巻もの大量の原本が近年公開され、その写真版も刊行された。これにより従来は困難であった日記原本そのものを研究することが可能になり、あらたな知見がえられつつある。ここでは原本の料紙《りょうし》の様相から定家が日記を書いた意図を探ってみよう。

『明月記』の原本はさまざまな紙に書かれているが、その大部分はつぎの三種類の様式に分類できる（七六・七七ページ図版参照）。

①白紙を用意し、その天地に罫線《けいせん》を引き記事を清書したもの。

②書状などの反故《ほご》を裏返して再利用し、その天地に罫線を引き記事を清書したもの。

③書状などの反故を裏返して再利用し、罫線を引かずにそのまま記事を書きつけたもの。

このほか、例外的に白紙に罫線を引かずに書きつけた部分も少しある。罫線は大部分が天二本・地一本で、定家の記事の書き方もおおむね決まっており、上から一本目の罫線に揃えて日付や天気を書き、次行以降に、すぐ下の二本目の罫線に揃えて記事を書くのが普通であった。

この三種類の料紙のうち、①と②の部分は整然と記事が書かれており、行の幅や文字の大きさもほぼ揃っている。これは日々記事を書き続けたものではな

●──『明月記』原本の様式①　白紙に記事を清書している(元久元〈1204〉年10月記)。

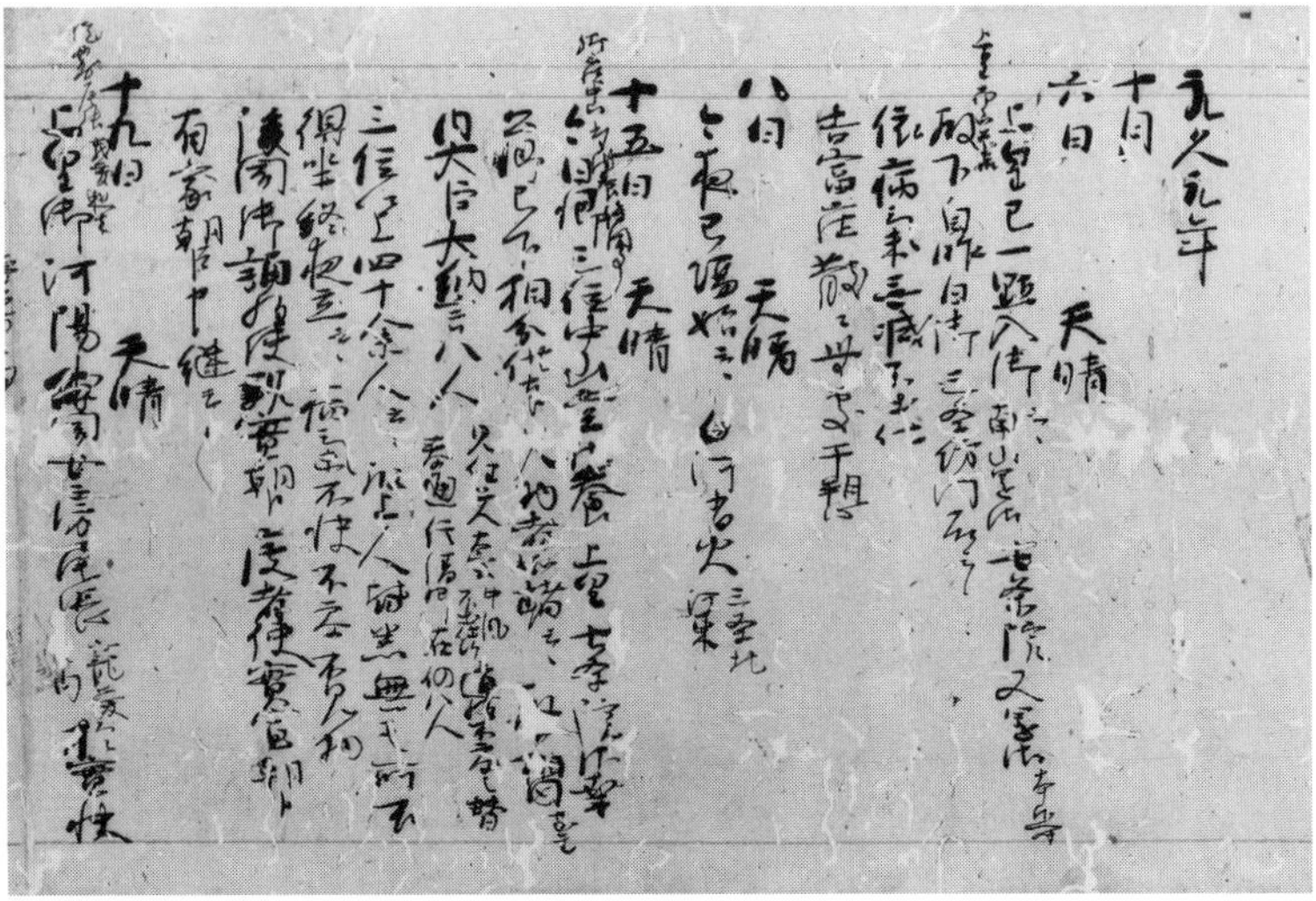

●──『明月記』原本の様式②　反故に記事を清書している(寛喜2〈1230〉年2月記)。紙背文書が透けてみえる。

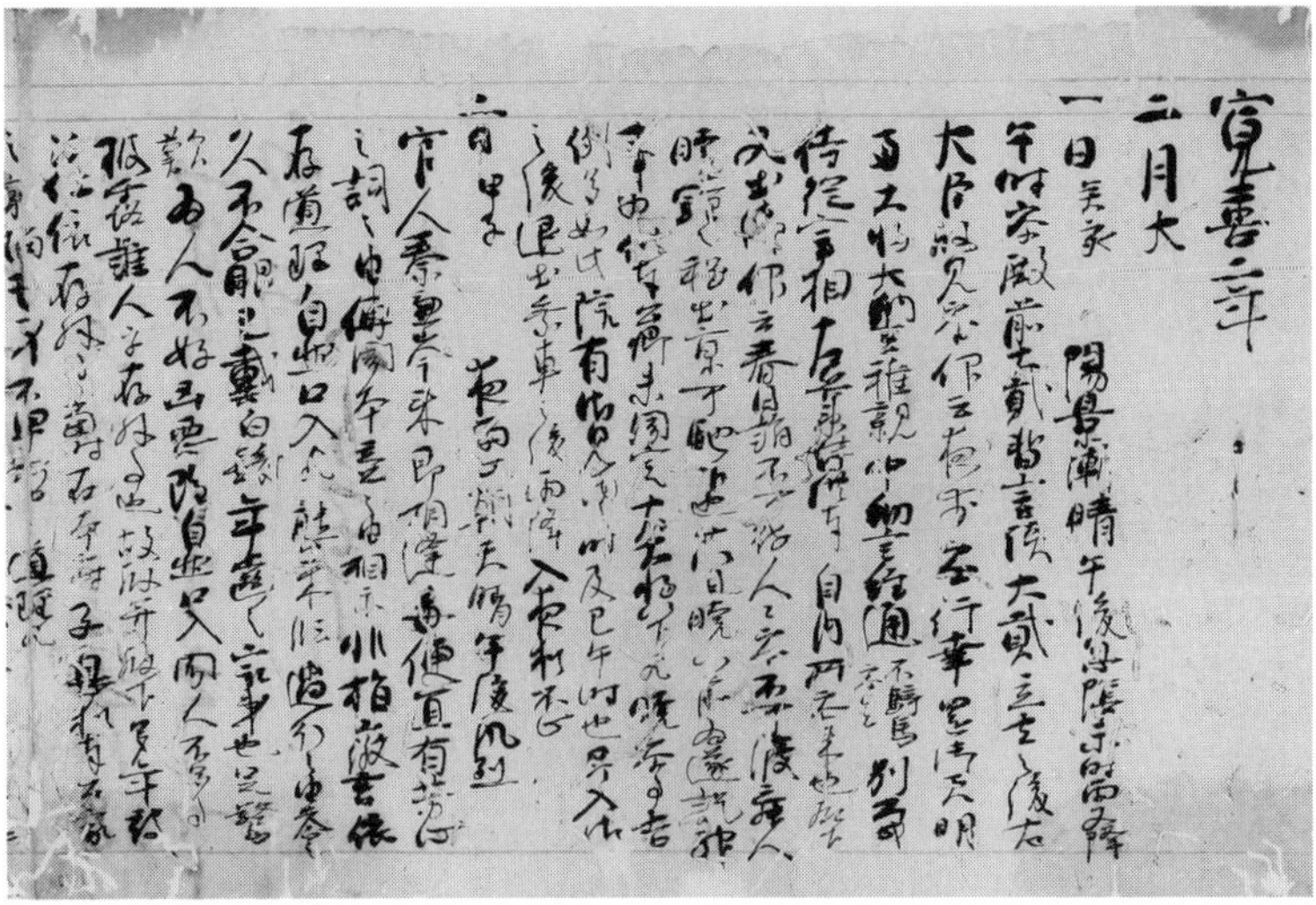

●──『明月記』原本の様式③　反故に記事を書きつけている(建暦3〈1213〉年9月記)。17日条は日付のみ書いて空けてあり，文字の挿入や塗抹《とまつ》がみられる。

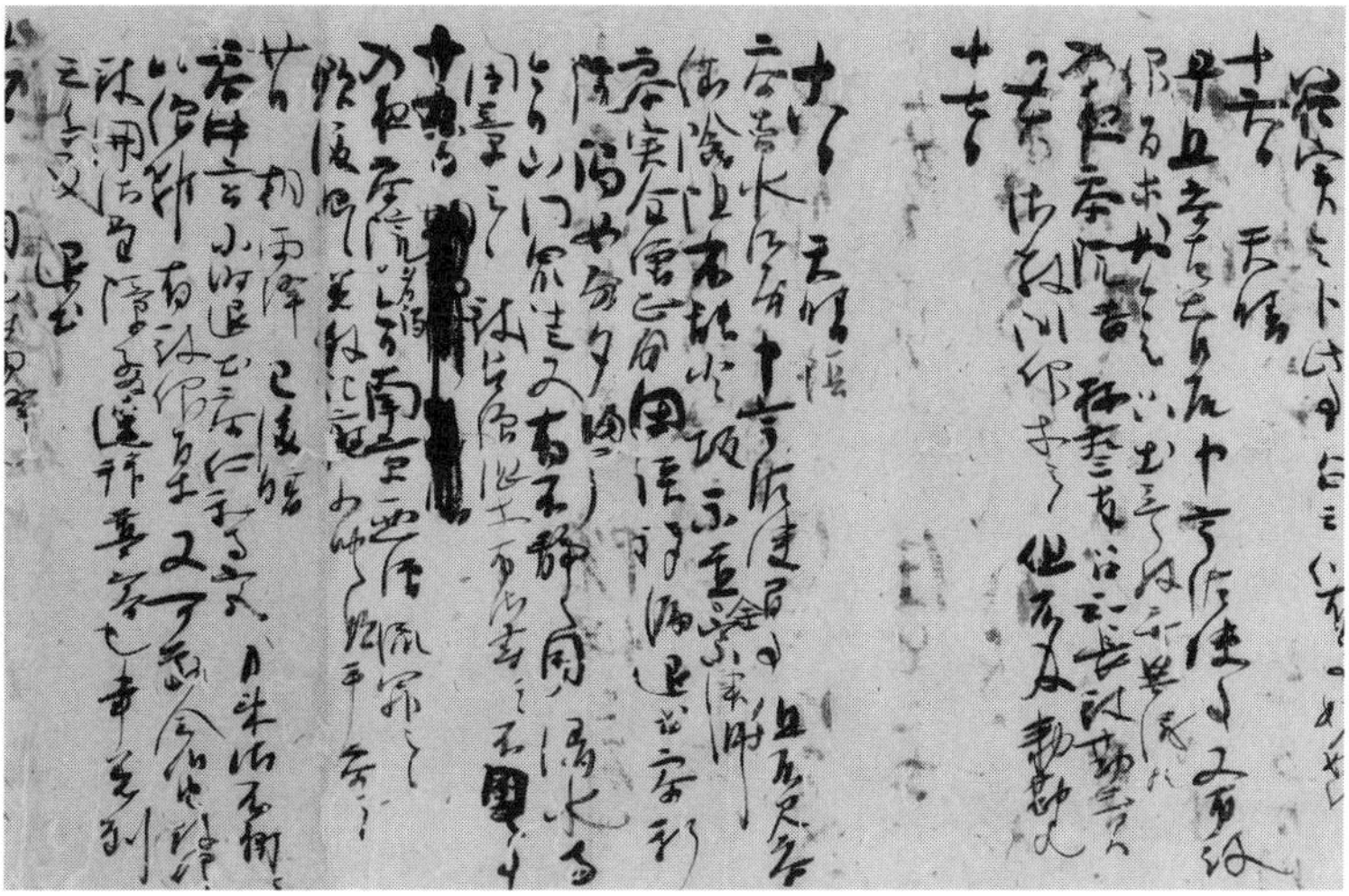

●──『明月記』原本の様式③　30日条を書いたあとで，29日条の追加を無理やり余白に書き込んでいる(同年12月記)。

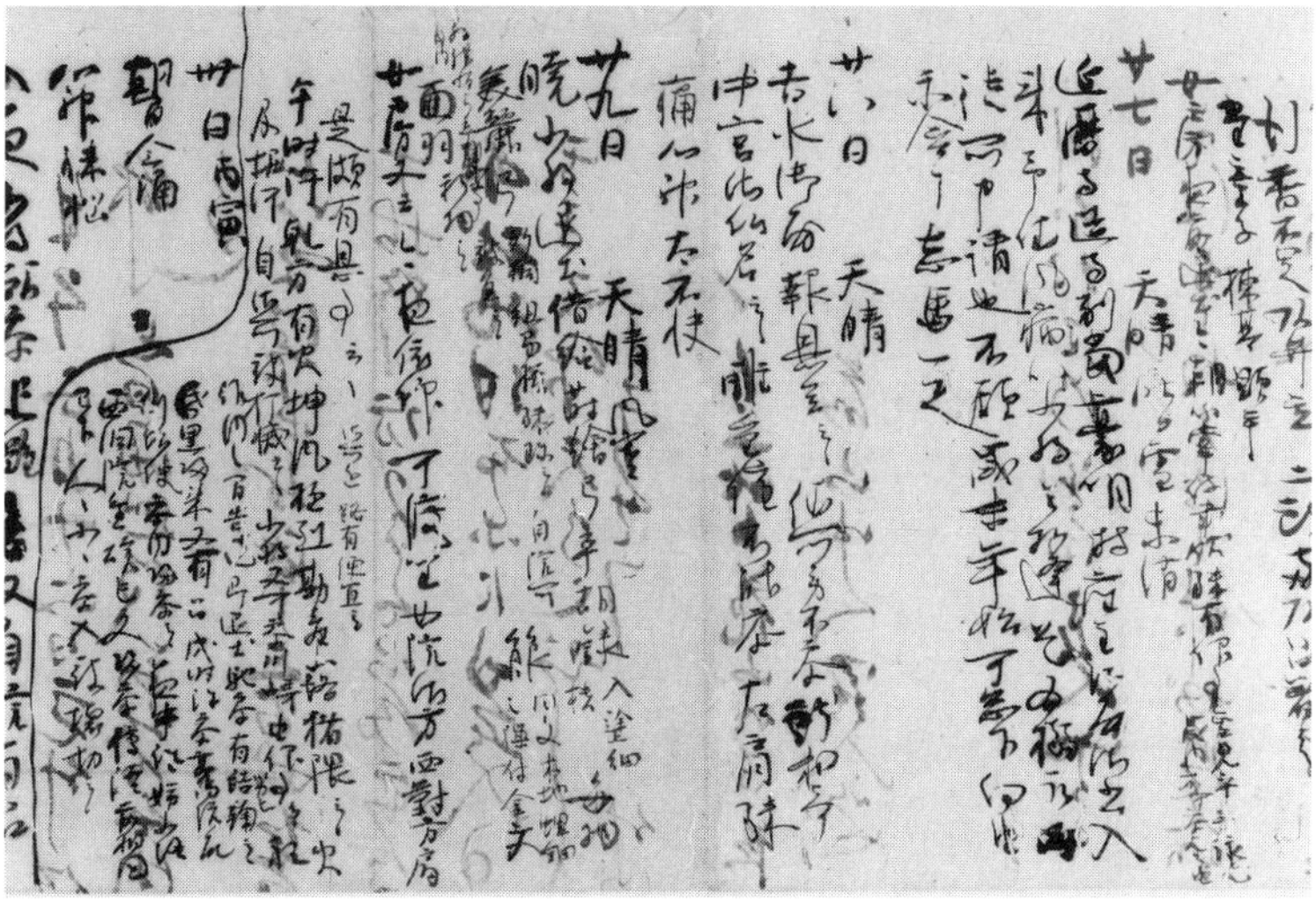

く、あとからまとめて清書したものと考えられる。

これに対し、③の部分は行の幅や文字の大きさがばらばらであるうえ、文字と文字のあいだにあとから別の文字を小さく書き加えたり、一度書いた文字に別の文字を重ね書きしたり、最初に書いた文字を墨で塗りつぶしたりして文章を書き直している箇所が非常に多い。なかには、日付だけを書いた行の次にあとから記事が書けるよう数行分空けてあるところや、記事をあとから無理やり余白に書き加えたりしているところもあり、こちらはまとめて清書されたものとはいいがたい状況である。おそらく、毎日とはいわないまでも、ある程度こまめに記事を書き連ねていた部分であると考えるのが自然である。

つぎに、これら①・②・③の様式がそれぞれ原本のどの部分にみえるのかを調べてみると、たいへん興味深い事実がみえてくる。

『明月記』料紙の三様式を時系列にそってならべると、①→③→①→③→②と変化していく。ある個人が日記を書くことにおいて、使用する日記帳や記事の書き方など、その様式が変化することは不思議ではない。しかし、『明月記』のように異なる様式が交互にみられるのは珍しい現象である。これはなにを意味するのであろうか。
　次ページの表は、定家関係略年譜と現存『明月記』原本の様式を一つにまとめたもので、時期ごとにAからEに区分しておいた。現存する『明月記』原本は治《じ》承《しょう》四(一一八〇)年二月記から天福《てんぷく》元(一二三三)年十二月記までであるが、元来は前年の治承三(一一七九)年ごろから没する仁治《にんじ》二(一二四一)年ごろまで日記を書いていたと考えられる。▲

　この表をみていて気づくことは、様式①、すなわちわざわざ白紙を用意して記事を清書している時期A・Cが定家にとって重要な意味のある時期とほぼ重なっていることである。

　治承四年から建久六(一一九五)年までの時期Aは、出仕し始めてから近衛少将へと昇進して活躍する一方、文治《ぶんじ》二(一一八六)年からは摂関家の一つである九条家の家人《けにん》となった。この年には九条兼実《かねざね》が摂政《せっしょう》となっており、以後、兼実・良経《よしつね》・道家《みちいえ》らに仕え続ける。さらに、翌文治三年には定家の父俊成《としなり》が勅撰《ちょくせん》集《しゅう》である『千載和歌集《せんざいわかしゅう》』を編んでいる。この時期の『明月記』は現在わずかな抜き書きでしか記事が伝わっていないが、鎌倉後期には勅撰集を編纂するために必

▼定家の日記記載期間　定家は治承三(一一七九)年三月に内裏《だいり》への昇殿を許され朝廷に出仕するようになる。いわば官人としてのデビューである昇殿を機に日記を書き始めることは自然であり、たとえば『民経記』などもそうである。また、擱筆《かくひつ》の時期については定家の子息為家の文永《ぶんえい》十(一二七三)年七月二十四日付阿仏尼《あぶつに》宛譲状《ゆずりじょう》(冷泉為人氏所蔵文書)に「故中納言《こちゅうなごん》入道殿《にゅうどうどの》日記」として「治承より仁治に至る」とあることから、仁治二(一二四一)年に定家が亡くなる直前まで書き続けられていたらしい。

●──藤原定家関係略年譜と『明月記』原本料紙の様式

年次(西暦)	定　家	嫡男為家	関　連　事　項	様式	時期
仁安元(1166)年	5 従五位下				
安元元(1175)年	14 侍従				
治承 3 (1179)年	18 昇殿				
4 (1180)年	19 従五位上			①	
5 (1181)年	20				
寿永 2 (1183)年	22 正五位下				
文治 2 (1186)年	25 九条家家人となる		九条兼実摂政		
3 (1187)年	26		父俊成『千載和歌集』撰進		A
5 (1189)年	28 左近少将				
建久元(1190)年	29 従四位下				
3 (1192)年	31			①	
6 (1195)年	34 従四位上				
7 (1196)年	35		兼実失脚，近衛基通関白		
正治 2 (1200)年	39 正四位下			③	B
建仁 2 (1202)年	41 左近中将	5 従五位下	九条良経摂政		
3 (1203)年	42				
元久 2 (1205)年	44『新古今和歌集』撰進			①	C
建永元(1206)年	45	9 従五位上	良経没，近衛家実摂政		
承元 2 (1208)年	47				
3 (1209)年	48	12 侍従			
4 (1210)年	49 辞中将	13 左近少将，昇殿			
建暦元(1211)年	50 従三位				
2 (1212)年	51	15 正五位下		③	D
建保元(1213)年	52				
2 (1214)年	53 参議	17 従四位下			
4 (1216)年	55 治部卿，正三位	19 従四位上			
5 (1217)年	56	20 左近中将			
6 (1218)年	57 民部卿				
7 (1219)年	58	22 正四位下			
承久 3 (1221)年	60		承久の乱		
貞応元(1222)年	61 辞参議，従二位				
嘉禄元(1225)年	64	28 蔵人頭			
2 (1226)年	65	29 参議，従三位		②	
安貞元(1227)年	66 辞民部卿，正二位				
2 (1228)年	67		九条道家関白		
寛喜元(1229)年	68		道家女竴子入内		E
2 (1230)年	69		竴子立后	②	
3 (1231)年	70	34 正三位	竴子皇子(秀仁)誕生		
貞永元(1232)年	71 権中納言，辞権中納言		四条天皇(秀仁)即位		
天福元(1233)年	72 出家			②	
嘉禎元(1235)年	74『新勅撰和歌集』撰進	38 従二位			
2 (1236)年	75	39 権中納言			
暦仁元(1238)年	77	41 正二位，中納言			
仁治 2 (1241)年	80 没	44 権大納言			

定家・為家欄の数字は年齢を示す。

▼『明月記』文治年間記の重要性
鎌倉後期に定家の子孫である二《に》条《じょう》・京極《きょうごく》・冷泉の三家が勅撰集の撰者を争ったのに関連して、亀山《かめやま》院《いん》の命で二条為氏《ためうじ》が冷泉家から『明月記』文治・建久年間（一一八五〜九九）記を獲得している（永仁二〈一二九四〉年八月二日二条為世《ためよ》書状案〈冷泉家古文書〉）。

要な記録として重要なものであると認識されていた。▲

　兼実が失脚して近衛基通《もとみち》が関白となる建久七（一一九六）年からの時期Bは様式③、すなわち清書せずに反故にそのまま書き連ねるようになるが、建仁《けんにん》二（一二〇二）年閏十月に定家は近衛中将に昇進し、同年末には九条家も復活して良経が摂政となるなど、定家周辺の状況が好転する。すると、その直後の翌年正月からはふたたび様式①となっている。この二度目の清書の時期Cには、定家は近衛中将として朝廷や九条家に仕えつつ、『新古今《しんこきん》和歌集』の撰者の一人としても活躍する。ふたたび清書しなくなる時期Dがいつから始まるのかは、原本が部分的に欠けているために不明であるが、中将を辞した承元《しょうげん》四（一二一〇）年ごろが時期Cとの境界となっている。二度目の清書の時期Cは、定家が近衛中将として活躍する時期とほぼ重なっているといえよう。

　定家は時間はかかったものの、生涯を振り返ると侍従《じじゅう》から少将、中将、参議《さんぎ》、さらには権中納言へと昇進した。このコースは羽林家《うりんけ》（「羽林」は近衛府の唐《とう》名）と一般に称される家格のものであるが、先述のように定家の父俊成は諸国の受《ず》領《りょう》を歴任する程度で近衛少将や中将にはなれなかった。そのため、定家が父を超えて経験した官歴をあらたに家格として確立するためには、自分が試行錯誤しつつ体得した少将・中将としての故実や作法をきちんと記録して、息子の為《ため》家《いえ》や子孫らに伝える必要があったのである。実際、『明月記』には少将や中将として公事に参候する際の装束《しょうぞく》や作法についての実に細かい記事が数多くみえるのみならず、定家はたとえば『次将《じしょう》装束抄』という近衛少将・中将(「次将」はこれらの総称)の装束についての故実書まで編んでいる。また、息子の為家が自分の経験した近衛少将・中将として出仕するなかで、いろいろと作法や故実を教えてやっている。

それと同時に、摂関家に家人として仕えるという面においても、主家である九条家が藤原氏の氏長者《うじのちょうじゃ》として摂政・関白になり、朝儀の中心となって活躍している時期の記録は重要であった。当時の貴族社会では主人からの諮問に対し的確に答えることも奉公の一形態であり、『明月記』をみていると、定家はしばしば九条家の当主らからも故実を問われているが、みずからの記録を調べてすみやかに答申している。

このように、為家や九条家にとって有益な情報が含まれているという意味で、定家にとって時期AとCの日記は重要と認識されるものであり、白紙にきれいに清書された原因もここにあると思われる。当然のことながら、①や②の部分は記事が読みやすく、③のほうは読みにくい。必要な情報をより確実に提供するために清書された原本の姿からは、有用な「家記」を残そうとする定家の意図が読みとれるのである。なお、定家が参議であった時期は原本がきれいに残っていないが、以上のように考えると、おそらく参議としての作法を伝えるため、白紙に清書した日記を作成していたと思われる。

　参議を辞したのち、晩年の『明月記』は様式②、すなわち反故に清書するようになっている。この部分の特徴は、首書《くびがき》（頭書ともいう）と呼ばれる記事の見出しがほとんどついていないことである。それまで定家はこまめに記事の見出しを行間上部に書きつけていた。たとえば元久《げんきゅう》元（一二〇四）年十月六日条には「上《じょう》皇南山還御《こうなんざんかんぎょ》」、十五日条には「卿三位《きょうのさんみ》中山寺《なかやまでら》供養伝聞事《くようでんぶんのこと》」という首書が書き込まれている（七六ページ図版上参照）。このインデックスがついていれば記事の検索が容易であるため、日記を公事の参照に利用するためには必要なものであり、実際、『明月記』に限らず多くの記録にみられる。

これがつけられなくなっているということは、記事をあとから参照する必要性が薄れたことを意味する。八〇ページの表をみると、様式②となるEの時期の定家は参議を辞してしまっている一方、息子の為家は定家が経験していない蔵人頭《くろうどのとう》になっている。為家が蔵人頭としての故実を知るためには従来ほど『明月記』は参考にならない。また、参議としての前例を調べることにおいても、もう定家が参議を辞めているため、時期E以後の日記は以前ほど参考にならなくなってしまっている。為家が独り立ちしたあとの、定家晩年の『明月記』は以前の部分とは性格が異なっており、自分自身の覚えとして書いていたものと考えられる。この点は近代人の日記に近いといえよう。

なお、定家は日記中に昇進人事への不満など個人的な感情を盛んに書いているが、あくまでも子孫にみられることを前提にしていた。たとえば建暦《けんりゃく》二（一二一二）年正月五日条には、除目《じもく》の秘事▲を九条良輔《よしすけ》からならったが、「日記に記してはいけないと戒められたため書かない」とあり、良輔も定家も日記が他人から当然参照されるものであると認識している。定家は努力して記録を残していたのである。

▼**除目の秘事**　任官儀である除目は作法が非常に複雑である一方、形式化したのちも国家の重事と認識され続けており、貴族たちにとって除目の作法を知っていることは重要であった。

次ページの表は俊成、定家の兄成家《なりいえ》、定家、為家の官歴を年齢ごとに比較したものである。一〇歳で父俊忠《としただ》と死別して葉室顕頼《はむろあきより》の養子となり、顕広《あきひろ》と名乗っていた俊成が御子左《みこひだり》家に戻ったのは五四歳のときであり、家の再興は実質的には成家・定家兄弟から始まった。侍従から近衛少将・中将をへて参議になり、さらに中納言・大納言へという羽林家の典型的な昇進コースに対し、成家は侍従から少将をへて中将まで昇進したが、足かけ三四年かかっている。定家は中将まで二八年で到達し、さらに参議から権中納言にまでなった。ここにふたたび御子左家の者が通常の昇進コースをいくようになったわけであるが、定家は中将から権中納言になるまで三一年を要した。

ところが、為家は侍従になってからわずかに九年で中将となり、蔵人頭をへて参議、権中納言、さらには権大納言にまでいたる。為家は中将から権中納言まで二〇年で昇進しており、父定家と比べるとかなりすみやかであり、ここに完全に羽林家としての家格が確立したといえよう。為家の順調な出世の背景には、鎌倉幕府との良好な関係を背景に権勢をふるった西園寺公経《さいおんじきんつね》の養子となって庇護《ひご》されたことなどさまざまな要因があるが、その陰で定家が家の記録を作

●——俊成・成家・定家・為家の官歴（数字は年齢）

俊成（父）	成家（兄）	定家（本人）	為家（嫡男）
	3従五位下		
		5従五位下	5従五位下
			9従五位上
10父俊忠没			
	12侍従		12侍従
			13左近少将
14従五位下美作守	14従五位上	14侍従	
			15正五位下
			17従四位下
19加賀守	19正五位下	19従五位上	19従四位上
			20左近中将
		22正五位下	22正四位下
24遠江守			
		28左近少将	28蔵人頭
		29従四位下	29参議，従三位
	31右近少将		
32従五位上三河守			
	33従四位下		
		34従四位上	34正三位
36丹後守	36従四位上		
37正五位下	37正四位下		
38従四位下			38従二位
39左京権大夫		39正四位下	39権中納言
		41左近中将	41正二位，中納言
42従四位上			
44正四位下			44権大納言，辞納言
	45右近中将		
48左京大夫			
	49従三位		
		50従三位	
53従三位		53参議	53民部卿
54正三位（顕広から俊成へと改名）		55正三位	
	56正三位		
57皇后宮大夫	57兵部卿		
59皇太后宮大夫			59出家
	61出家	61従二位	
63出家			
		66正二位	
		71権中納言，辞納言	
		72出家	

成して残したことも忘れてはならない。定家の努力はむくわれたのである。

しかし皮肉なことに、為家は祖父・父に続いて勅撰集の撰者となるなど歌壇の重鎮でもあり、和歌の家という御子左家の家職も確立していた。『民経記《みんけいき》』寛《かん》元《げん》四（一二四六）年十一月六日条には記主経光が後深草《ごふかくさ》天皇即位にともなう大嘗《だいじょう》会《え》の悠紀所《ゆきしょ》和歌▲を詠進《えいしん》したことがみえるが、経光は和歌を提出する前に為家に一覧してもらっており、為家のことを「当世和歌の棟梁《とうりょう》なり」と評価し、「長家《ながいえ》卿（御子左家の始祖）より以降、すこぶるもって累葉重代の祖業」を継承していると書いている。経光はその前の後嵯峨《ごさが》天皇即位時の仁治《にんじ》三（一二四二）年大嘗会においても主基所《すきしょ》和歌▲を詠進しているが、その際も為家にみせて批評を請うている。為家の日記は伝わっていないが、もはや先祖代々の歌道の棟梁という立場が確立しており、政務の作法をきっちりこなすことで官人社会を生き抜いていく必要はなく、日記を残す動機付けは薄くなっていたと思われる。

書き分けられた日記

ここまで家の記録を作成することについて清書という行為に注目してきたが、

▼悠紀所和歌、主基所和歌　大嘗祭に神饌の米などを献ずるよう選定された斎田の属する国を悠紀国・主基国といい、この両国からは風俗歌と屏風歌が詠進された。

別の方法によるものも紹介しよう。

藤原経光の『民経記』には、鎌倉時代の一青年貴族の日常が詳細に綴られている。日記は経光が昇殿した嘉禄《かろく》二(一二二六)年から始まっており、起筆と昇殿が関係することは『明月記』の場合と同じである。今のところ原本四二巻が国立歴史民俗博物館に所蔵されており、その大部分は最初の嘉禄二年記から天福元(一二三三)年記まで、経光が一五歳から二二歳までの部分である。

通常の日記では記事が並行して二つの日記帳に書かれていることはあまりみられないが、経光は日記を書き始めて二年目の安貞《あんてい》元(一二二七)年十月以降の部分から、具注暦と反故を再利用したものの二種類(ここではそれぞれを「暦記《れきき》」「日次記《ひなみき》」と呼ぶことにする)の日記帳に並行して記事を書いており、その後もこの方式が続く。

先述のとおり、日記帳を二つにしたきっかけは具注暦に多くの記事を書き込む工夫からであった。経光は本来空白行のない具注暦を頻繁に切断しては長文の記事を書いた別紙を貼り継いでいたが、安貞元年十月十四日からは具注暦には概要だけを書き、記事を書いた別紙のほうはそのまま巻物として併存させたのが始まりである。つまり、初期の段階では二つの日記帳は一つになるべきものがそのまま分かれているにすぎず、内容や文体にそれほど差があるわけではなかった。ところが、つぎに二種類の原本が残っている寛喜《かんぎ》三（一二三一）年の日記をみると、意識的に暦記と日次記の二つの日記帳を書き分けるようになっていることに気づく。

まずは、その日に朝廷などに出仕したかどうかによる書き分けである。寛喜三年の暦記は二行空きの具注暦を使用しており、記事を書き込むスペースは日次記に比べると限られる。そのため、両方ともに記事がある場合、日次記のほうが長文で詳しい。しかし、出仕しなかった日の記事は暦記のほうに詳しく書き、たとえ政務に関する内容であっても日次記には簡単にふれるだけである。そして暦記の文体も、出仕しなかったために暦記のほうにある程度詳しい記事を書く場合には整った文章で書き、出仕して日次記に詳しい記事を書いた日の暦記は内容項目だけを列挙した目録のような体裁になっている。

また、記事の内容による書き分けの意識も顕著になる。たとえば二月十六日条の暦記には、①参内したこと、②中宮《ちゅうぐう》五夜《ごや》（秀仁《ひでひと》親王〈のちの四条《しじょう》天皇〉誕生五日目の産養《うぶやしない》)のこと、③経光も同居している父頼資《よりすけ》邸の改築のこと、の三つの内容が書かれており、このうち①と②については項目のみが書かれ、日次記のほうに詳しい記事があるが、③の内容はきちんと文章にして書き、日次記ではまったくふれていない。ほかにも、たとえば親しい女性との交際については暦記にのみ書き、日次記にはまったく書いていない。つまり、プライベートな記事は暦記にのみ書き、出仕して経験した公務に関する記事は日次記のほうに書く、という書き分けを意識的に行っている。個人的な覚書であると同時に子孫に残す家の記録でもあるという、当時の日記に要求される二つの側面を、物理的に日記を分けることでこなそうとしているのであろう。

つぎに並行して二種類の原本が残る天福元年の日記では、このような書き分け意識が維持されているとともに、さらに別の配慮もみられるようになる。それは女性との交際の記録についてである。

経光はこの年二二歳であり、正月二十八日には念願の右少弁《うしょうべん》▲に任じられており、いわば若手事務官僚として政務に奔走するようになる。その一方、前年秋ごろから親しくなった女性がおり、しばしば経光のもとをたずねてくるよう

▼**念願の右少弁**　弁官は朝廷の文書行政全般に関わるため、経光のような名家《めいか》(事務官僚)の者は必ず経験すべきポストであった。

になっていた。たとえば正月四日条には、

> 小雨降る。今日出仕せず。（中略）入夜、いささか面謁の事あり。（中略）時に雨濛々《もうもう》と夜着《やぎ》を湿らせ、窓梅ようやく匂う。心情を動かすものなり。早鶏すでに報じ、疎鐘しきりに鳴る。（中略）傾城《けいせい》帰らんと欲す。芳談の美なおもって尽くさず。はたいかん。

と「傾城」（美人）との逢瀬《おうせ》について書き、翌五日条にも、

> 終日雨降る。（中略）深更に臨み傾城来る。去年秋ごろより言談するところなり。時に雨殊に甚し。暁に臨みようやく帰らんと欲す。その思い筆端に尽くし難し。書きて余りあり、思いていかん。終夜雑談す。春衣の匂い窓梅と競いおわんぬ。

とある。さすがに文書行政に深くかかわる弁官をめざす家柄だけあって経光は漢学の素養が豊かであり、若い男女の恋愛が詩情豊かに綴られている。天福元年の暦記は春夏記が残っているが、このような女性との交際の記事がほぼ全般にわたってみえている。ここで注目したいのは、記事の内容もさることながら、その書かれ方である。

これらの記事は経光が弁官になった二月以降、例外を除いてすべて暦記の裏《うら》書《がき》として具注暦の裏面に書き加えられている。例外の一つは四月十八日条の日次記で、「入夜の後、賀茂《かも》に参る。（中略）月出の後帰宅す。予の帰りを待つ人あり、慇懃《いんぎん》閑談す。記して何の益あるや」と珍しくプライベートな記事を日次記に書いているが、書いても意味がないといっている。もう一つの例外は五月二十五日条暦記で、表面に「この間寄宿の人あり。毎事記さんと欲するあたわず。秘すべし秘すべし」と書いておきながら、裏面に「今日同じく留まり居る」と女性の動静をわざわざ注記している。これらのことからは、自分の恋愛日記ともいうべきものをまとめて具注暦の裏面に書くという経光の確固たる意識がうかがえよう。いったいなぜこのような配慮をしているのであろうか。

裏面に書くといえば、まずは人目にふれないようにして秘密を守ろうとする意図が想定されるが、具注暦は巻物であり、たとえば袋綴じの冊子《さっし》のように裏面が隠れているというものではない。想像していただきたいのであるが、巻物は巻き進めたり戻したりする際、恒常的に裏面も露出しているのである。また、そもそも暦記はプライベートな性格の日記帳として書かれているのである。

そこで気づくのは、二月以降から具注暦の表裏の使い分けがはっきりしているということである。さきに載せた正月四日・五日条のように、それまでは女性との交際の記事を暦記の表面に自然に書き込んでいたことを考えると、正月二十八日に念願の右少弁になり、これから父のあとを継いで自分も文書行政に直接かかわるようになることを機に官人としての職責をより強く自覚し、私的な日記においても公事と情事を峻別する気になったのではなかろうか。

『民経記』における日記帳の使い分けのさまをみていると、子孫のために残さねばならない家の記録としての日記と、一人の青年として書き残しておきたかったプライベートな記録としての日記という、二つの相反する概念のなかで工夫する経光の姿がみえてくる。おそらく彼の意図としては、日次記だけを子孫に残し、暦記は死後に処分するべきものであったと考えられる。

なお、このように二種類の日記帳を並行して書くことは、経光の息子兼仲《かねなか》の『勘仲記《かんちゅうき》』▲や子孫の広橋兼顕《ひろはしかねあき》の『兼顕卿記《かねあききょうき》』などでもみられるほか、経光が仕えていた近衛家でも行われていた可能性があり、けっして経光だけの個性的な手法というわけではなかった。

▼『**勘仲記**』　記名は勘解由小路《かでのこうじ》兼仲の「勘」と「仲」に由来する。

④—日記の利用

形態面での工夫

最後に、家の記録として書かれた日記が利用されるありさまについても述べておきたい。藤原定家《さだいえ》《ていか》や経光《つねみつ》のように、中世の官人たちはつとめて日記を書き残してきたが、それらが過去の先例を調査して引用し、よるべき判断材料とすることに実際に利用される際には、大部の記録を利用しやすくするためにさまざまな工夫がこらされていた。

まず形態の面では、巻物《まきもの》を一定の幅ごとに山折り・谷折りを繰り返しておりたたんだ折本《おりほん》として利用することが広く行われていた。『明月記《めいげつき》』や『実隆公記《さねたかこうき》』など、現在巻子装《かんすそう》となっている日記の料紙の状態を細かく調べていくと、一定の間隔ごとに折目の痕跡を確認できるものが意外に多く、これはある時期に折本の状態で保管・利用されていたことを示している。巻物の状態では、基本的にどこかを開いて閲覧した場合、そのままでは不安定な状態であり、一般的には巻き戻しすることになる。めったに開くことがないのであれば問題はないが、しばしば一巻のなかで離れた箇所をあちこちみるには不便である。ところが、巻物であっても折本の形態にしておけば、冊子本《さっしぼん》の長所を取り入れ、めくってあちらこちらを容易にみられるようになる。巻物を折本として利用することは経典などにおいても広く行われているが、いかに日記がしばしば閲覧・利用されていたのかを物語っていよう。

また、仁和寺門跡《にんなじもんぜき》であった守覚法親王《しゅかくほっしんのう》（一一五〇〜一二〇二）の『北院御室日次記《きたいんおむろひなみき》』▲原本は五行空きの具注暦《ぐちゅうれき》に書かれているが、たとえば五行分のスペースのうち三行しか記事がないような箇所では残りの二行分を切断・削除して再び貼り継ぐというような方法で無駄を省き、経典のような折本に仕立てなおされている。このように、全体の分量を減らすことでみやすくすることもしばしば行われている。

首書と目録

利用の便をはかるために、首書《くびがき》を書きつけることや目録をとることもよく行われている。首書とは、『明月記』の例で述べたように記事の見出しに相当する

▼『北院御室日次記』　記名は守覚法親王の称号「喜多《きた》（北）院御室」に由来する。

もので、行間上部余白に本文よりあげて書き加えられるのが普通である。「何々の事」というように記事中の文字をほとんどそのままぬきだして最後に「事」をつけた表現が多く（次ページ図版参照）、後人が日記を書写したり通読したりしながら書きつける場合もあれば、記主みずからが記事にそえておくこともあった。

たとえば『明月記』正治《しょうじ》元（一一九九）年正月一日条には、記事に「昨日より社頭に参籠す」とだけあるところに「昨日より日吉《ひえ》に参籠する事」という首書がみえる。ここでは参籠した神社は日吉社であるという、本文には書かれていない情報が首書に含まれており、後人がつけたものではありえないと考えられる。また、元久《げんきゅう》二（一二〇五）年夏記は大部分が定家と異なる筆跡で清書されているが、首書はすべて定家の筆跡であると判断され、『明月記』においては基本的に定家自身が日記を書きながらこまめに書きつけていたと思われる。

また、記事の内容目録をとることも日記の奥書《おくがき》などによく書かれており、『民経記《みんけいき》』のように子孫が何度もとっているような場合もある（九八ページ図版参照）。目録はいわば首書だけを集めたようなものであり、それぞれ意図すると

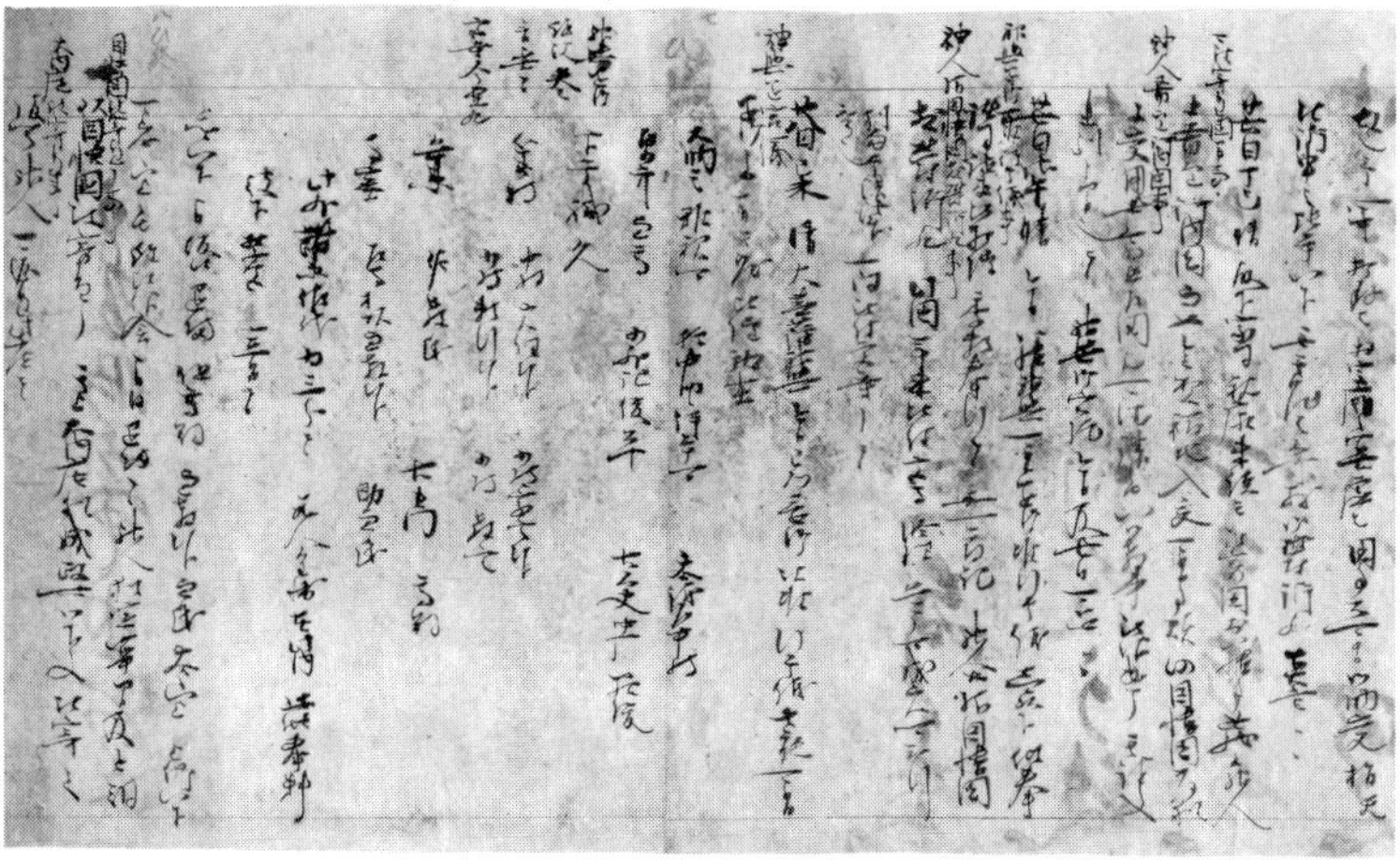

●──記事につけられた首書（『頼資卿記抄』嘉禎元〈1235〉年閏６月）

行間上部に首書が書きつけられている。

首書は右から順に以下の内容である。

①可被寄進国間事（寄進せらるべき国の間の事）

②神人希望河内国事（神人河内国を希望する事）

③神輿還御可准行幸儀事（神輿還御は行幸儀に准ずべき事）

④神人給因幡国散鬱訴歟事（神人因幡国を給わり鬱訴を散ずるかの事）

⑤神輿還宮儀（神輿還宮の儀）

⑥因幡国被寄進了事（因幡国寄進せられおわんぬる事）

⑦大内庄被寄進事（大内庄寄進せらる事）

なお、中央左寄り上部にみえる小さく書かれた四行は補書で、本文と同じ性格のものである。内容はつぎのとおり（「／」は改行を示す）。

神輿還御／路次、奏／音楽云々、／宮寺今案歟、

（神輿還御の路次、音楽を奏すと云々。宮寺の今案か。）

●──日記の目録をとる子孫たち(『民経記』安貞元〈1227〉年冬記巻末)

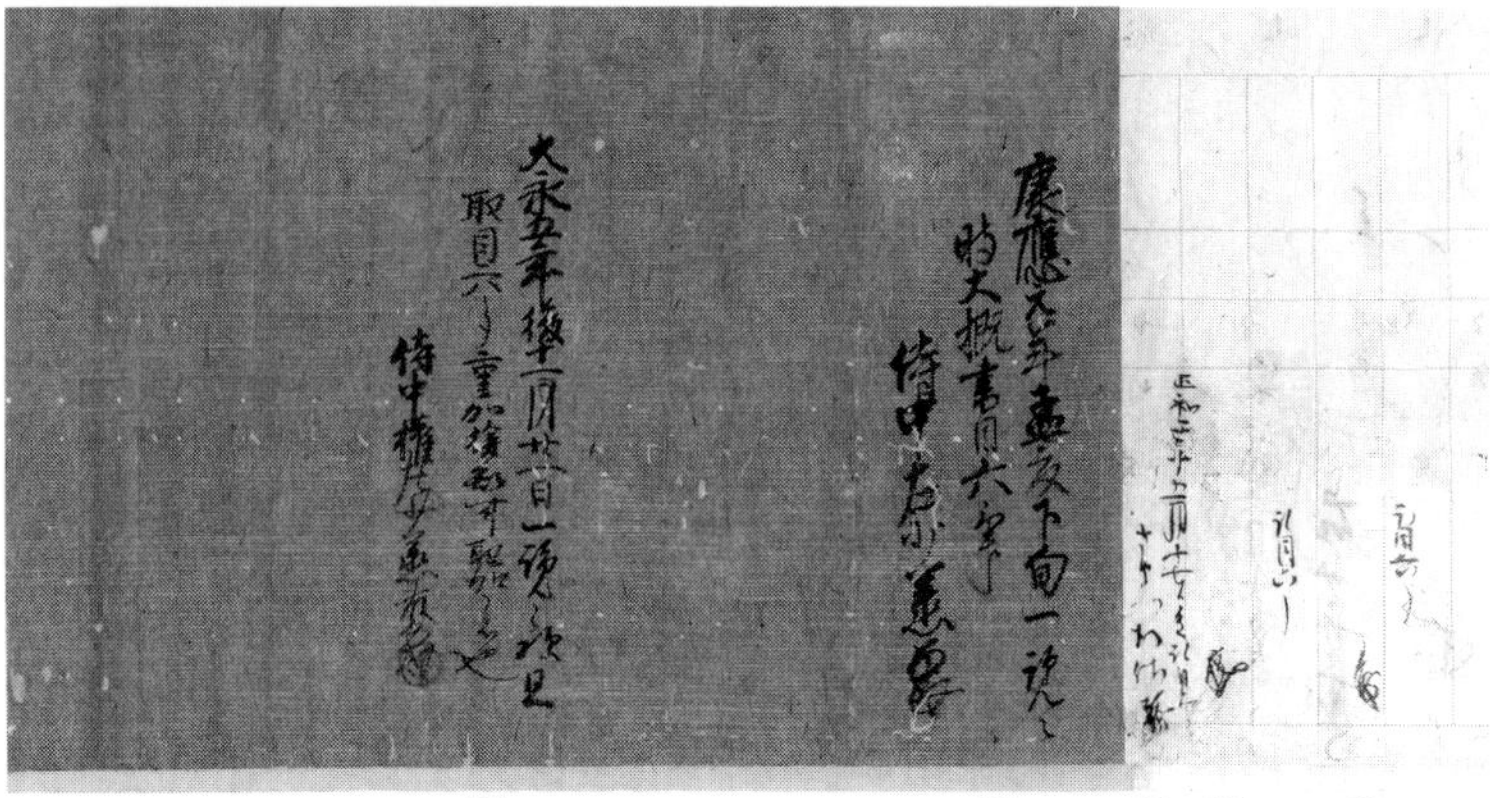

⑤　④　③　②　①

日記の巻末に子孫が「目六」(目録に同じ)をとった奥書がならんでいる。奥書は右から順に以下の内容で、およそ三〇〇年にわたり、子孫たちが日記を読んで何度も目録をとっていることが判明する。

①取目六了(花押)　＊経光の息子兼仲の奥書

②取目六了(花押)　＊兼仲の息子光業の奥書

③正和二年五月十七日、重取目六了
　左衛門権佐(花押)　＊同じく光業の一三一三年の奥書

④康応元年孟夏下旬一覧之
時、大概書目六畢、
　侍中左少丞(花押)　＊光業の曾孫兼宣の一三八九年の奥書

⑤大永五年後《うるう》十一月廿一日、一覧之次且
取目六畢、重加検知可取加之者也、
　侍中権左少丞藤(花押)　＊兼宣五代の末裔兼秀の一五二五年の奥書

●――記事の目録(『二水記』天文2〈1533〉年正月)

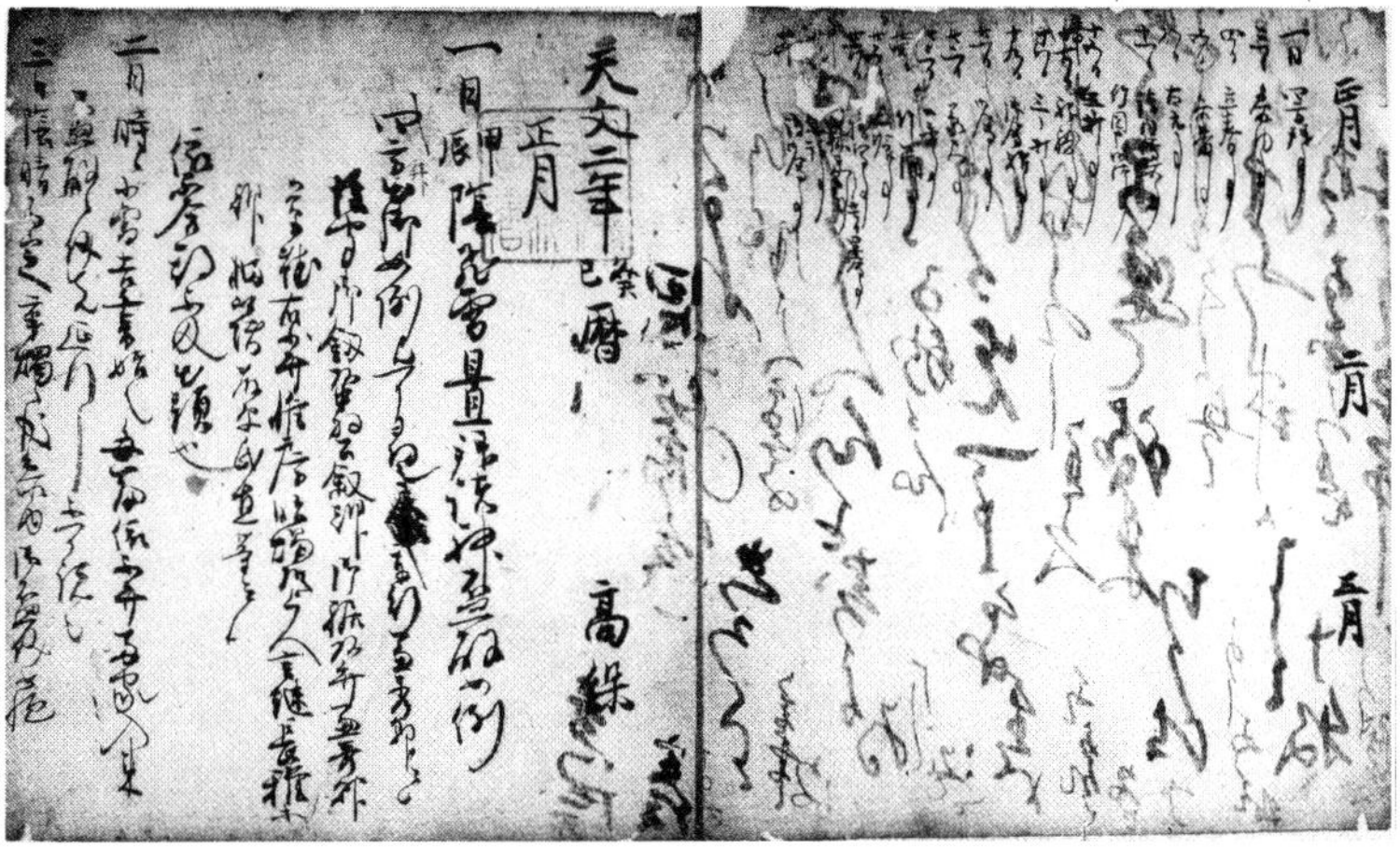

記主鷲尾隆康の目録の書き方はつぎのようであった。

天文二(一五三三)年春の日記帳の冒頭に目録用のページを空けておき、あらかじめ右端に「正月」「二月」「三月」と書いておく。そして、正月一カ月分の記事を書きおえると目録を書きつけている。目録の初めの部分はつぎのように書かれている。

一日　四方拝事
三日　参内事
四日　立春事
五日　参番事
八日　太元事
十一日　詣内侍所事
　　竹園申沙汰事

なお、隆康はこの年二月二十五日、寒い日の行水が原因で発病し、三月六日に亡くなってしまった。そのため、日記の記事自体はほぼ二月末まで書かれているが、二月分の目録は作成されないままとなった。

ころは同じく検索の便をはかることにあった。

目録も記主《きしゅ》自身が記事を書きつつ作成することもあった。たとえば戦国時代の鷲尾隆康《わしおたかやす》(一四八五〜一五三三)の日記『二水記《にすいき》』▲天文《てんぶん》二(一五三三)年春記の冒頭には、隆康みずから作成した正月分の記事のみの目録がみえる。隆康はこの年二月二十五日から発病して三月六日に亡くなっており、一カ月分の日記を書き終るとみずから目録を作成していたことがうかがえる(前ページ図版参照)。

別記と部類記

通常の日記とは別個に作成される記録もあった。別記《べっき》とは、記主にとって特別重要な儀式などについてとくに詳しく記録するために、文字どおり通常の日記とは別に記したものであり、たとえ数日分であってもその記事の分量はきわめて長大であることがほとんどである。通常の日記のほうには「これについて委細は別に記す」などと注記してある場合が多いが、別記だけが独立して存在していることもある。

よく日記の写本などにおいて、月の途中で普通なら単に「某日」とだけあるは

▼『二水記』　永正・大永《たいえい》年間(一五〇四〜二八)の記事を含んでいることから、記名は「永」の文字を上下で「二」「水」に分けたものに由来する。原本二〇冊が国立公文書館に所蔵される。

ずの日付が、わざわざ「某年某月某日」と年から書かれている記事がみられるが、このような場合には、本来別記であった詳しい記事を通常の日記の該当する日次の箇所へ挿入したことを示していることが考えられる。

なお、さきの『民経記』の例のように、並行する日記のことを記主自身が「別記」と称している場合もあった。

一方の部類記《ぶるいき》とは、ある特定の事柄や日記について、先例や故実《こじつ》を素早く調べることができるようにするため、先人や自分の日記の記事を「部類」すなわち分類して抄出し、事柄ごとにまとめたものである。膨大な記録を内容別に再編してあるため、必要な際にはすぐに求める情報をさがしあてることができた。

部類記は便利なものであるため、中世以降さまざまな内容のものが数多く編纂された。とくに、改元《かいげん》や即位・大嘗会《だいじょうえ》、立后《りつごう》、移徙《わたまし》(貴人の転居)、御産・元服《げんぷく》・葬礼などの、毎年決まった式日はないが必ず何年かのうちに経験する重要な儀式について、その先例を調べる際には非常に有効である。このような場合、旧年の日記を普通に調べるのであれば、何年の何月何日にそのことがあったのかをまず調べる労力と時間が必要になってしまうのである。

部類記の構成は、たとえば「元日節会《がんじつせちえ》部類記」「除目《じもく》部類記」「改元部類記」などの、あるテーマについてさまざまな日記から関係記事を類聚《るいじゅう》したものが一般的であるが、『中右記《ちゅうゆうき》部類』のような、特定の日記の記事をさまざまな内容に分類したものもつくられている。

日記の書写と再利用

残された先人の日記を利用する前提として、書写して写本を作成することも日常的に行われてきた。『国書総目録』（岩波書店）などを調べれば一目瞭然であるが、多いものでは全国に五〇点以上の写本が存在する日記もある。単純にいえば、写本の数が多いものほど広く利用されてきたのである。

さきに示した『二水記』の記主鷲尾隆康は戦国時代の中級貴族であったが、鷲尾家や隆康の実家である四辻《よつつじ》家はともに雅楽《ががく》を家職《かしょく》としていたこともあり、「毎年の御神楽《みかぐら》・御楽《がく》などの事、記録せしむるの人なし。よってその儀を存ずるのみ」（永正《えいしょう》十四〈一五一七〉年正月記末の識語）とみずからいっているように、宮《きゅう》中《ちゅう》の雅楽についての記録を日記に書き残そうと考えた。

その結果、『二水記』はとくに雅楽に詳しい記録として知られ、その方面では数少ない貴重な文献となっている。そのため、江戸時代以降にも雅楽に関係する貴族の家々では『二水記』の写本を所持して参考にすることが普通になっており、数多くの写本がつくられた。現在、『二水記』は七〇点程の写本が存在しており、いかに広く利用されていたかがうかがえよう。鷲尾家は隆康の死後に断絶したため、直接子孫に役立ったというわけではないが、中世の楽道《がくどう》を広く近世に伝えるものとなったのである。

これとは逆に、日記が解体されて反故紙として再利用されてしまうこともあった。たとえば近衛《このえ》家実《いえざね》の『猪隈関白記《いのくまかんぱくき》』や同道嗣《みちつぐ》の『後深心院《ごしんじんいん》関白記』では、ほとんど天気しか書き込まれていないような部分の具注暦が子孫によって切りきざまれ、裏返されて別の記録を書写する料紙に再利用されてしまっている(次ページ図版参照)。このことをもって単純に軽視されていたとはいえないが、やはり記主がどれくらい使命感や熱意をもって記事を書いたのかによって利用のされ方もまったく異なってくるのであろうか。天気だけの日記があるということからも、中世の日記の多様さを感じとることができるのである。

●──天気だけの日記(『猪隈関白記』安貞元〈1227〉年９月)

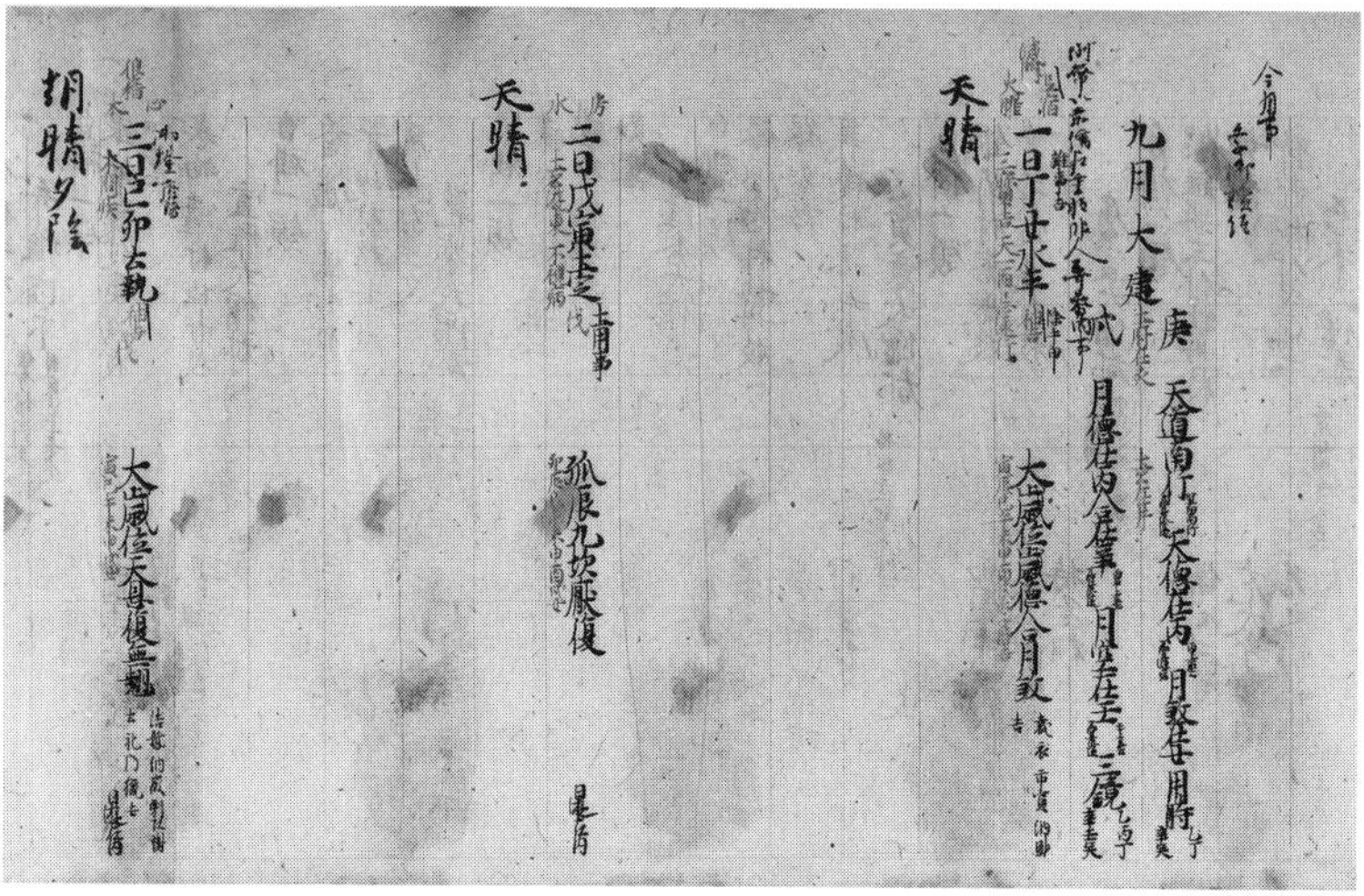

●──再利用された日記(『仙洞御八講記』)　近衛家実が日記を書いてから約240年後の寛正６(1465)年に，子孫の政家が上の『猪隈関白記』をひるがえし，もとの裏面に仏事の記録を書写している。

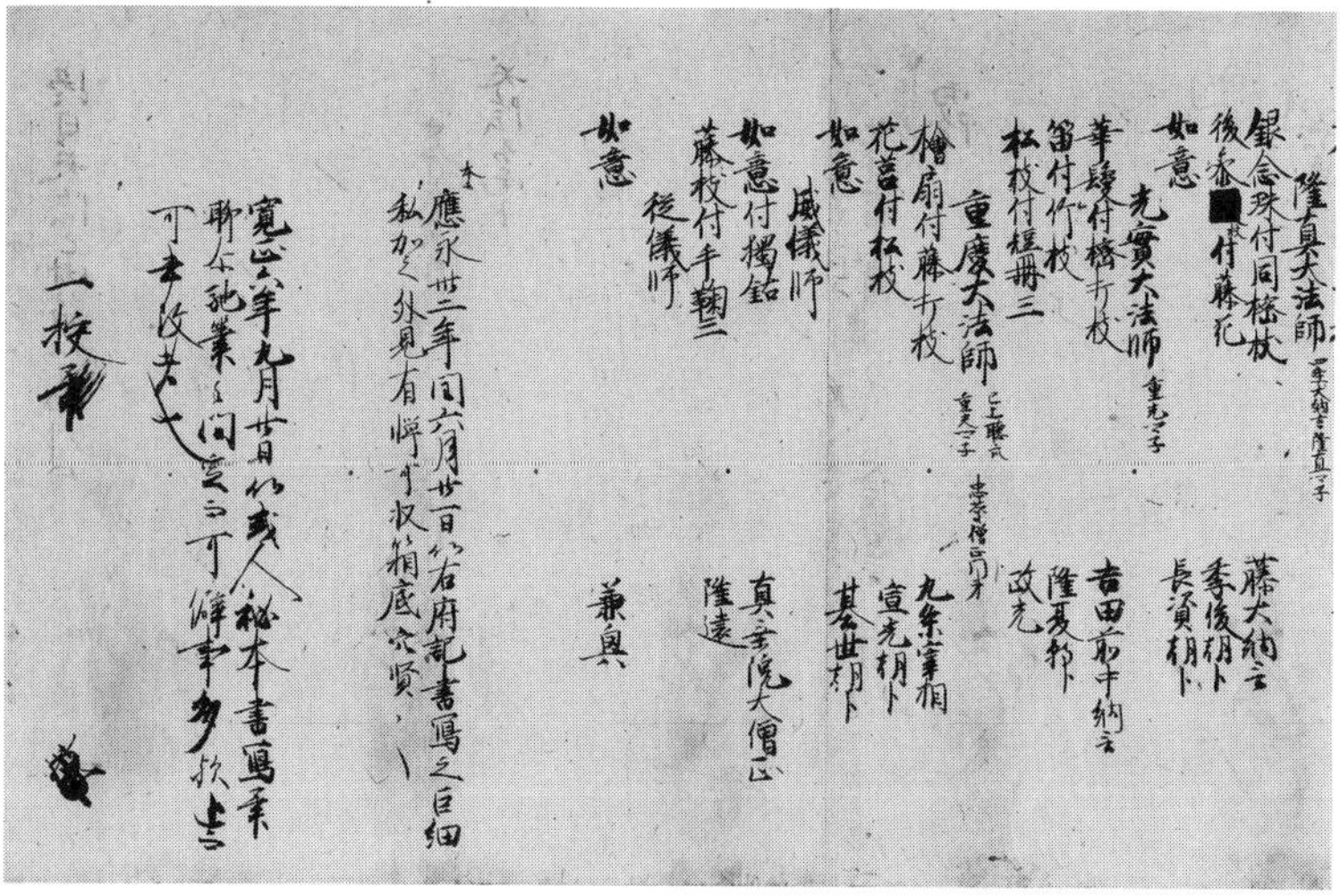

（『中世史料学叢論』思文閣出版, 2009年所収）
藤原重雄「記録に貼り継がれた絵図」『MUSEUM』575号, 2001年
益田宗「二水記について」『東京大学史料編纂所研究紀要』1号, 1991年
益田宗「暦に日記をつける」『新しい史料学を求めて』吉川弘文館, 1997年
松薗斉「藤原定家と日記」『愛知学院大学文学部紀要』25号, 1996年（『王朝日記論』法政大学出版局, 2006年所収）
松薗斉『日記の家』吉川弘文館, 1997年
明月記研究会「『明月記』（建仁二年七月）を読む」『文学』6巻4号, 1995年
桃裕行『古記録の研究』上・下, 思文閣出版, 1988・89年
桃裕行『暦法の研究』上・下, 思文閣出版, 1990年
山中裕『古記録と日記』上・下, 思文閣出版, 1993年
山本信吉「藤原定家の筆跡について」『国華』1239号, 1999年
米田雄介「日次記に非ざる『日記』について」『古記録の研究』続群書類従完成会, 1970年（『摂関制の成立と展開』吉川弘文館, 2006年所収）
冷泉家時雨亭文庫『冷泉家時雨亭叢書　明月記』1～5, 朝日新聞社, 1993～2003年
渡辺敏夫『日本の暦』雄山閣, 1976年
和田英松「日記に就いて」『国史国文の研究』雄山閣, 1926年

●――写真所蔵・提供者一覧（敬称略, 五十音順）
雲龍院　p. 60
賀茂別雷神社　p. 51
宮内庁三の丸尚蔵館　p. 63右
国立歴史民俗博物館　カバー裏, p. 7, p. 8, p. 9, p. 10, p. 14, p. 16, p. 17, p. 45右, p. 48, p. 55, p. 56, p. 97, p. 98, p. 104
浄土真宗本願寺派宗務所　p. 45左
（財）大東急記念文庫　p. 63左
東京国立博物館　p. 42
東京大学史料編纂所　カバー表, p. 13, p. 22, p. 23, p. 25, p. 26, p. 27, p. 30, p. 31, p. 32, p. 33
独立行政法人国立公文書館　扉, p. 99
（財）陽明文庫　p. 72
（財）冷泉家時雨亭文庫　p. 76, p. 77

●──参考文献

飯倉晴武「古記録の諸相」『ビブリア』91号, 1988年(『日本中世の政治と史料』吉川弘文館, 2003年所収)
石田実洋「藤原定家の次第書書写」『明月記研究』6号, 2001年
石田祐一「経光卿記と経光の子孫二名」国立歴史民俗博物館企画展示『中世の日記』歴史民俗博物館振興会, 1988年
榎原雅治「荘園文書と惣村文書の接点」『日本中世地域社会の構造』校倉書房, 2000年
大村拓生「日記の記録過程と料紙の利用方法」『中世文書論の視座』東京堂出版, 1996年
尾上陽介「二水記諸本の研究」『東京大学史料編纂所研究紀要』7号, 1997年
尾上陽介「『民経記』と暦記・日次記」『日記に中世を読む』吉川弘文館, 1998年
尾上陽介「『明月記』原本の構成と藤原定家の日記筆録意識」『明月記研究』5号, 2000年
尾上陽介「賀茂別雷神社所蔵『賀茂神主経久記』について」『東京大学史料編纂所研究紀要』11号, 2001年
五味文彦「院政期政治史断章」『院政期社会の研究』山川出版社, 1984年
五味文彦『明月記の史料学』青史出版, 2000年
五味文彦「『明月記』と定家文書」『明月記研究』6号, 2001年
斎木一馬『古記録の研究』上・下, 吉川弘文館, 1989年
斎木一馬『古記録学概論』吉川弘文館, 1990年
末柄豊「『実隆公記』と文書」『日記に中世を読む』吉川弘文館, 1998年
高橋典幸「『明月記』寛喜二年秋記紙背の研究」『明月記研究』6号, 2001年
田中稔「中世の日記の姿」『中世史料論考』吉川弘文館, 1993年
玉井幸助『日記文学概説』国書刊行会, 1982年
辻彦三郎『藤原定家明月記の研究』吉川弘文館, 1977年
土田直鎮「古代史料論　記録」『奈良平安時代史研究』吉川弘文館, 1992年
土谷恵「転任所望と定家自筆申文」『文学』6巻4号, 1995年
東京大学史料編纂所『第三十一回史料展覧会列品目録　「実隆公記」と三条西家』東京大学史料編纂所, 1995年
東野治之「日記にみる藤原頼長の男色関係」『ヒストリア』84号, 1979年(『史料学遍歴』雄山閣, 2017年所収)
橋本義彦「部類記について」『平安貴族社会の研究』吉川弘文館, 1976年
橋本義彦『藤原頼長』(人物叢書新装版)吉川弘文館, 1988年
藤本孝一「頒暦と日記」上・下『京都市史編さん通信』188・189号, 1985年

日本史リブレット30

中世《ちゅうせい》の日記《にっき》の世界《せかい》

2003年５月25日　１版１刷　発行
2024年６月30日　１版５刷　発行

著者：尾上陽介《おのえようすけ》

発行者：野澤武史

発行所：株式会社 山川出版社
〒101−0047　東京都千代田区内神田１−13−13
電話　03(3293)8131(営業)
　　　03(3293)8135(編集)
https://www.yamakawa.co.jp/

印刷所：信毎書籍印刷株式会社

製本所：株式会社 ブロケード

装幀：菊地信義

ISBN 978-4-634-54300-3
・造本には十分注意しておりますが，万一，乱丁・落丁本などが
ございましたら，小社営業部宛にお送り下さい。
送料小社負担にてお取替えいたします。
・定価はカバーに表示してあります。

日本史リブレット 第Ⅰ期[68巻]・第Ⅱ期[33巻] 全101巻